奎文萃珍

吴騷集

［明］王穉登 選編

文物出版社

據中國國家圖書館藏明萬曆四十二年刻本影印原書版框高二十八·八釐米寬十七·四釐米

吳騷引

夫世間一切色相侍有能離情者乎顧情一耳正用之為忠憤為激烈為幽究而抑之為幽思為

不平為枯槁憔悴於纖纖一　雖以自己遨暢之為詩歌為騷賦而風雅　三閭諸丞其於州

史遷之傳三閭也　其

歌唐以詩宋以詞追勝
國而　於曲追今盛
總之以風雅為宗而憤
激幽錦心慧口求伯仲
也南國　吟不減江皐

諷
三吳年韻類延晉
代風滿詞本於騷而地
別於楚故因弁其騷白
吳嗟嗟　府濫觴極
矣自有兹快也洛陽紙

侈而大其志謂足以兼國風小雅而班固氏亦歎之曰弘博麗雅為詞賦宗此皆窮人乎情而深乎其味者然後亨獨乎哉

佳人幽　好事多磨
縈　撫時觸景聯床
日調兩地弔天我輩鍾
情豈　故竅發於天而響
其籟代不乏矣漢以

長收畫陽春　玉蛟
螭刻成天巧豈非造
物之情也　而暢
聊毋不乏有情人而
知吳騷之　南北時

萬曆甲寅秋日清懶
居士陳繼儒書於尚白
齋中

吳騷目錄

第一卷

第二卷

第三卷

第四卷

吴騷集　王穉登輯　明萬曆刊本　原書四卷存一二兩卷，缺殘，第二卷末缺葉，因向北京圖書館假西諦藏本補錄，西諦藏本第一卷鈔配，第二卷殘之本少一圖，版雖為殘篇，而自有勝處，此圖葉似有短缺，頗精。精粉色有若頭遺朱程高足之剪削也。噫嘻　葉芑識

吳騷集

太原 王穉登 選

虎林 張 琦 校

蕭爽齋

○○○二郎神

新雁起、厭輕暖輕寒滅玉肌、撚指裏、匆匆春、又去、鞦韆架底、墜幾脉盈盈紅雨、燕子來時人未歸、聽枝頭聲聲杜宇、知何處、望斷玉勒雕輪、古道長堤、

前腔

當時花前共你新婚燕爾、憶鸞鳳喈喈飛綠綺、誰料名利驅人、鳳別鸞離、連理春風、番做牆外枝、冷重門笙歌

院宇知何處望斷芳草垂楊綉陌香堤

集賢賓

蕭關欲待尋君去綉鞋怎解驅馳好似遊絲縈蝶翅飛不過層樓十二一江綠水難抵我一春紅淚人萬里嘆錦字啼痕空寄

前腔

金鉤綉簾紅半起倚闌凝望天涯羞見春雲催暮雨飛過了巫山十二一庭舞絮都是我一腔愁緒人萬里嘆尺素音沉無寄

黄鶯兒

香奩欲紅綠拂花箋製小詞筆尖兒倒寫鴛鴦字心兒顛灰淚兒亂再修眉兩葉愁封翠綉羅幃悠悠春夢飛過大江西

前腔

朝露濕羅衣傍荼蘼折小枝香叢忽見花同帶情兒顛迷意兒似癡綉鞋立徧蒼苔翠惱鶯啼驚回春夢不得到遼西

猫兒墜

戍樓天外黯黯亂雲低腸斷征人畫角吹黃河何日洗兵車衍愁悲怎禁他塵鎖粧臺月滿空閨

香囊勾覓恭同帶

前腔

龍沙漠漠斷磧水霏霏朔氣遥憐冷鐵衣黑山何日捲旌旗傷悲怎禁他香燼薰爐燈暗深閨

尾聲

腰肢瘦來剑蟬細樂遊原上草凄凄只恐歸期過綠時

金絡索　　梁少白

東風轉歲華，院院燒燈罷，陌上清明近，細雨紛紛下。天涯蕩子心盡思家，只見人歸不見他。合歡未久難拋舍，追悔從前一念差。傷情處，懨懨獨坐小窗紗，只見片片桃花，陣陣楊花，飛過了鞦韆架。

前腔

楊花亂滚綿，蕉葉初成扇，翠盖紅衣，出水新蓮現。金爐一縷微薰，沉烟曬起，紗厨雲鬓偏。無端好夢誰驚破，風外鶯聲柳外蟬。羞臨鏡，千愁萬恨對誰言，只見舊恨眉尖，新淚腮邊，界破殘妝面。

前腔

閒堦細雨收。翠幙新凉透、衰柳殘荷正值愁時候。近來都減却舊風流、爭奈新愁接舊愁、白雲望斷天涯遠、人在天涯無盡頭。相思病無明徹夜幾時休、只見雁過南樓月下西樓人比黃花瘦。

前腔

銀臺絳蠟籠翠幄金鉤控錦帳紅爐獨自無人共月明初轉過小房櫳不放清光照病容。愁聽畫角聲三弄。吹落梅花一夜風。關山夢魚沉雁杳信難通、孤眠人最怕隆冬〻正值嚴冬〻做不就鴛鴦夢。

三三　六犯清音

【梁州序】瑣窗人靜，未央天遠，一似嫦娥無伴。玉容消減，教人斷過芳年。【桂枝香】何處流紅葉，無心整翠鈿。【排歌】鶯將老，恨轉添。梨花院落冷鞦韆。【傍妝臺】怎如得雙雙燕子，在梁間語。怎如得兩兩鴛鴦在沙上眠。【皂羅袍】長門望月，深巷鎖烟，琵琶寫不盡思君怨。【黃鶯兒】恨綿綿，春寒尚淺，何日裡侍溫泉。

前腔

建章鐘動，上林春曉，綉帳輕寒猶峭。夢回青瑣，依然悵積眉稍，良夜愁中度，花容暗裡消。雕欄外望轉遥，何日

黄四青頭依然
恨秋晉猶

得鼇鳳鸞交只願着朱輪照耀雲中駕只願着彩燕輕盈掌上嬌紅顏命薄鸞館寂寥君王那處同欢笑好心焦前生已誤再不把斷香燒

前腔

雕簷風燼香堦紅浅轉眼星移物換等閒春散难教玉貌長妍雎鳥詩空在青鸞信不傳慵薰麝懶步蓮含情無語倚欄杆怎禁得纖腰瘦怯愁如海怎禁得白髮凄涼永似年晚涼時候別殿管絃奈重華咫尺無由見謾埋冤從來薄命多只是紅顏

前腔

長生宮殿珠簾齊捲愛殺瑶臺月滿銀河星燦天孫北
際成歡競乞鍼穿巧誰憐扇葉捐欽抛鳳鏡慵綵迎風
吹鬢倍淒然怎能得簫韶共奏秦臺上怎能得雲雨同
行楚岫間慵題紅葉倦舞翠盤淚痕兒界破芙蓉面對
蒼天焚香暗禱願結此生緣

前腔

繡宮添綠水壺凝箭縱使梁園雪滿謝庭才健吟毫懶
拂花箋無錀妝來晚龍樓閉後寒眉橫黛鬢嚲粧成
雖好有誰憐只愁是畫圖誤寫玉嬙貌只愁是羅帶空
留白玉篇鴛幃自守杯酒自拈奈新愁舊悶都難遣倚

窓前梅花和月應笑我孤眠

【尾聲】病容添恩光淺望不見羊車來便始信人生際會難

漁父一　　李復初

恨只恨難逢易別，記臨岐把歸期訂，寫信只道是眞誠者，又誰知前盟頓撇，魚書鴈信皆沉滅，物換時移更歲月，無言悶倚欄，向東風鎖屏花樹，傷春觸景愁城疊，追悔當初把春心漏洩。

漁父二

纔識透又心腸硬似鐵，謾臨風懊恨咬牙鉗舌，風流事頻成虛說，淅零零扯斷連環結，趷喇喇連枝輕鏟截，釵玉玲瓏鑠鑠也，瘦形骸一句哽嚥。

漁父三

記被底懽娛，香肌緊貼，脂口噴檀，誓盟話喋，素羅帕上猩紅惹。魚水相投情意協，似乾薪逢火烈。一團攬熱奶，姻緣俄頃變，過摺盈盈，望雲山烟水睽，怎彀得合歡時節。

滴溜子一

耶川下，明月下，金錢問徹。妝臺上，妝臺上，靈蓍屢揲。無決難禁長夜。香奩從不開，塵封垢結。針線慵拈，鉛華九絕。

滴溜子二

捱不過，捱不過病危體怯。聽不得，聽不得風簷走鐵悲

咽野猿哀月聲聲不忍聞寸腸欲裂推枕無眠兩行淚血

滴溜子三

何日裡何日裡離鸞再合甚時得甚時得斷絃再接擺設玉爐香爇雙雙拜上蒼相思妥貼效戲水鴛鴦宿花蝴蝶

尾聲

綉幃錦帳花燈爍抓叠起愁煩生喜悦地久天長相聚也

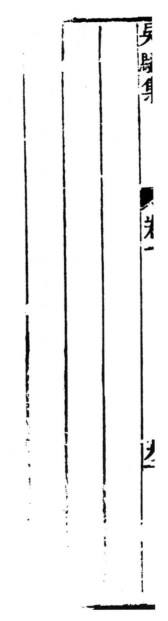

懶畫眉　　　　　　沈青門

寶花欄十二玉亭亭、月轉層臺香霧凝、嫦娥有約在初更、徘徊立遍蒼苔徑、驀被柳影風搖幾度驚。

不是路

悄悄冥冥、只見他轉過沉香六角亭、簾櫳映、依稀環珮夜無聲、乍逢迎、對籠雙袖梨花冷、寶釧金寒玉腕冰、嬌癡性、却纔相逗還相倩、戰驚、不定戰驚、不定

皂角兒

香枕挨釵泥翠屏、煖烟鋪、紫藤花欖、解酥胸、鈿麝、珍珠吐丁香臉偎仙杏、怎禁他任狂蜂隨浪蝶倒青鸞顛鸞繡

情一似東風未曉月
底閒鶯

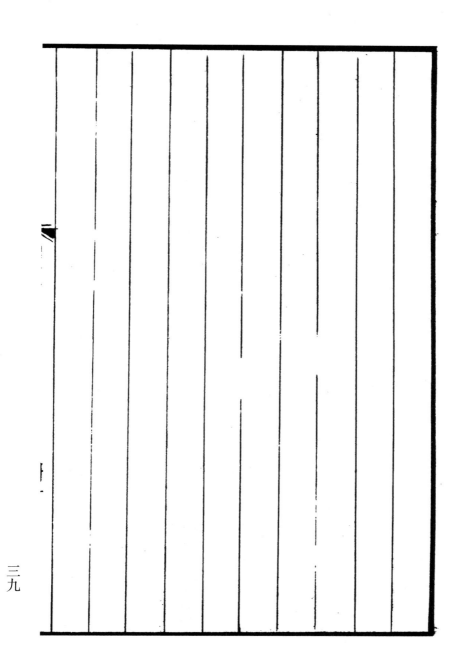

鳳喘吁不定。親親氣命低叫幾聲。悄一似東風未曉月底聞鶯。

尾聲

分明人在神仙境。一段巫山夢未醒。明夜還來花下等。

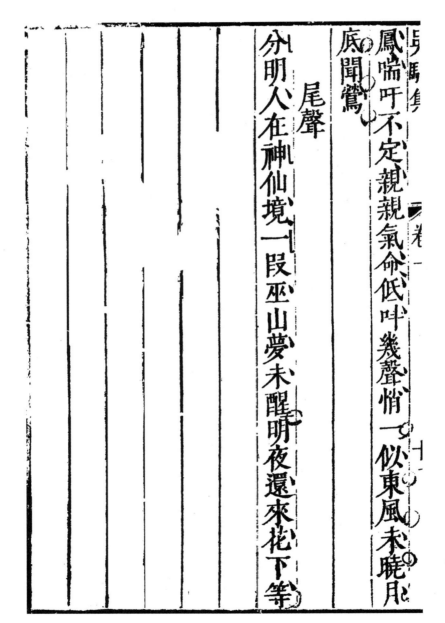

黃鶯兒　　古調

彈指怨東君、好直恁辜負人、冤家一去無踪影、花枝懶簪、眉粉懶勻、猜將心事蒼天問、合冷清清、一春過了、怎得見意中人、

前腔

無語倚閒庭、不由人、不動情、花間粉蝶相隨赴、鶯啼幾聲、鵑啼數聲、晚風吹落紅成陣、合前

六么令犯多嬌

鴛鴦曬濃、芰荷香送薰風、懶將紈扇掩酥胸、試把窗兒推起、只見花影重、好景難逢、好景難逢、又見榴花照眼

紅、

前腔

簾垂幾重、怎不遮蘭愁人、芳容總有美酒泛金鍾、少個人兒共飲、教我愁轉濃、好景難逢、好景難逢、又見荷花映水紅、

玉山頹犯

秋風早入庭闈、又見梧葉乍飛、薄情人杳沒、亂書寄、淚彈點滴如珠、闌干倚、捱幾個黃昏滋味、合　悵望人千里、伊怎知、又聽得樓頭上、嘹嘹嚦嚦數聲鴈兒、

前腔

登高負却佳期羞覷黃花紫萸劣冤家戀酒迷花底想
他還共別的尋占問上他許我綢繆佳配合前

二犯猫兒墜

幾回猛省發愿和你斷相思不覺腰肢減帶圍沉吟半
晌心轉癡只落得背地長吁氣瘦損呵情人在那裡瘦
損呵黃花怎比

前腔

晚風吹雨番作六花飛江上漁翁罷釣歸寒威透入鮹
金帳裡天天怎教奴獨睡瘦損呵冤家在那裡瘦損呵
梅花怎比

尾聲

有封書無人寄，魚沉鴈杳信音稀，盼殺多情不見歸。

二犯桂枝香　文衡山

桂枝香 韶光似酒，醉花酣柳，無端幾許閒愁，博得芳容消瘦。四時花 休休雲情雨意，無盡頭。三春有約，君記否，倚欄杆凝翠眸。皂羅袍 鶯兒有偶，燕兒有儔，青鸞孤影，教人可羞。桂枝香 薄倖今何在，空餘燕子樓。

前腔

池塘晝永，薰風南送，春纖捲撥冰絃，懶把霜紈搖動。眉峯堆堆積積，愁萬重，相思往事如夢中。好姻緣難再逢。竹搖翡翠，榴噴火紅，荷香浮動，綠陰正濃。自別東君後，金尊幾度空。

前腔

月圓冰鏡疎星耿耿、良宵院落沉沉、立盡梧桐淸影傷情、西風敗葉和鴈聲、銀屏冷落秋漸深、數歸期心暗驚、紅蓮落盡黃花滿庭、海棠開後、望伊到今恨殺音書斷秦樓怕有人。

前腔

鴛鴦霜重、翠衾寒、擁香罷半貼珊瑚、一線紅泉將凍浮踪、飄揚柳絮心性同、無些些準繩、西復東、海山盟、都是空窓兒外月、壁兒裡風、相思滋味、這回轉濃、正好朦朧睡寒山寺已鐘。

桐梧樹

鄭虛舟

香醪爲解愁、酒醒愁依舊。斜月殘燈正是愁時候。愁憑酒破除、酒被愁遮逗。酒力無多、酒去愁還又。愁深酒薄難禁受。

東歐令

花凝恨、柳含羞、花柳傷春人病酒、鶯啼燕語清明候、全不管人憔瘦。殘雲剩雨兩悠悠、遮斷晚粧樓。

大聖樂

桃源洞花事都收、許劉郎重到否。啼痕濕透春衫袖、傷白傳惱江洲、我這裏瑤琴罷却求鸞奏。恰正是紅葉誰

忘不了羅襪淺鈎

人寄御溝陽臺夢杳苦追踪問跡似無還有

解三醒

忘不了共攜纖手忘不了西園秉燭遊忘不了同心帶結鴛鴦扣忘不了羅襪雙鉤忘不了香囊雜彩親挑繡忘不了綺玉明珠絡臂韝閒窮究把嬌歡美愛盡付東流

尾聲

好姻緣難成就繡幃錦帳共綢繆葉底新詩再和酬

二郎神

梁少白

相逢久笑春來尚分飛依舊記軟弱身兒年紀幼重簾不捲蕭條獨坐危樓爲甚麽懨懨如病酒空恩愛未曾消受莫淹留更不念匆匆歲月如流

鶯啼序

錦堂風月今又秋參辰還自昴酉定非關途路悠悠不干魚鴈差謬奈花營歷鎗戰爭更錦陣心兵輻輳無共有只落得淚傳人口

簇林鶯

空挑鬬難斷頭爲高唐雲雨收朝朝暮暮在陽臺右情

深怎休恩深深怎丢因此上明知未偶還拖逗夢悠悠三星天外空戴月如鈎

啄木兒

曾留戀幾浪游秋水春山常聚首記花陰清晝攜琴想燈前午夜藏鬮更憶他修書漫捲羅衫袖高歌半解香喉扣訂約偷回扇底眸

滴溜子

天台渡天台渡桃花水流章臺路章臺路柳條報秋誰道落人機彀崑崙是何處奴施妙手把往日恩情一旦盡勾

水紅花犯

正値陽回九九被何人苒逗遛奈阻隔去無由冷颼颼卿卿知否多應獨倚小窓幽東難投重門誰叩四五年光陰虚度三兩行淚空流凄凄切切殢人愁也囉

尾聲

景凄涼人僝僽相思業債幾時休直待要海燥江枯办罷鈎

新水令　沈青門

一聲孤鴈送新秋、頓教人轉添憔瘦、瞑烟楓葉晚、凉雨桂花秋。燕侶鶯儔、燕侶鶯儔、甚時得重完就、

步步嬌

底事懨懨如中酒、鎮日眉長皺、浪子不回頭、着意沉吟自也難窮究、欲訴恨無由、把相思就裡空僝僽、

折桂令

枉躭着悶悶悶愁、不在心頭、定在眉頭、只爲你心腸忒狠、語話全浮、寄離情書何得有、待相逢夢也難求、着甚來由、曉夜無休、又不是魚水相懽膠漆相投、

江兒水

有意花空待，無情水自流。看從前光景都非舊，帷西風吹起滄江皺，奈浮雲點破靑山秀。觸處如何消受，淚顆無端，展轉亂垂如斗。

○鴈兒落

空只恁霧鎖了金梯翡翠樓，塵蒙了錦被鴛鴦繡，絕了瑤琴鸞鳳音，篆燼了玉閂狻猊獸。寂寞殺傳書白鴈秋，冷淡殺流詩紅葉溝，辜負殺對影靑鸞鏡，凄凉殺交歡碧玉甌，羞殺了偷香手。愁也麽愁，愁殺了枉離魂倩女遊。

僥僥令

涼浸階庭宿雨收敗葉乱盈階悶把年光閑屈指看重
陽又又過頭看重陽又又過頭

收江南

呀早知道是這般樣情分哪枉擲損玉搔頭空復把翠
銷封淚寄牢收翻做了波上一浮漚細思量轉羞則這
轉羞不覺西風吹老故園秋

園林好

那再說鶯交鳳友那再說鶯諧燕儔信是虛就生受消
盡了玉般柔消尽了玉般柔

寒空数树多白
二雁秋

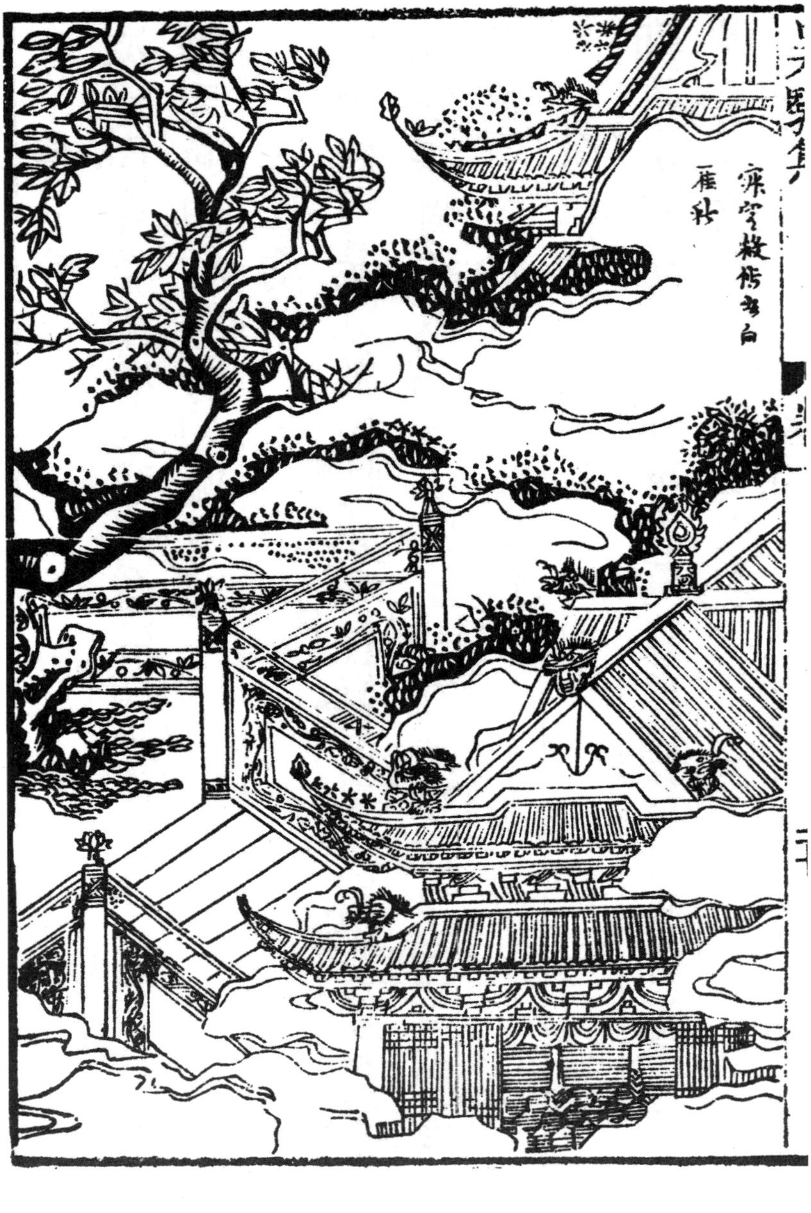

沽美酒

桃花溪、楊柳樓、荼蘼酒、鷓鴣詞。任烟月空濛到處留，費盡了錦纏頭，只管誇乖俏逞風流。全不念星前交厚，全不念燈前罰咒。我呵到如今總丟不休，雖然罪尤似讐，呵見他時管取懽顏如舊。

清江引

姻緣分定終須有，只是眼下難消受。追想別離情，豈盡成虛謬，免不得向人前鬧破了也。

畫眉序犯二郎神

烟暖杏花明芳草東風燕子輕羅袖上傷春數點啼痕錦被空閒鴛帳冷對粧臺雲鬟倦整形孤另撇不去半床幽夢一枕離情

集賢賓犯鶯兒

香肌瘦怯春病深正海棠庭院黃昏滿徑蕭蕭寒月影畫欄杆和悶閒凭風淸露冷空立遍碧梧金井有離人紫簫何處吹出斷腸聲

皂羅袍犯排令

漸覺腰肢寬褪恨冤家頓忘了海誓山盟佳期許我梅

花未生到如今牡丹開後無音信鬆金釧倚書屏幾回
山斷暮山青思千縷嘆數聲野雲江樹總關情

香柳娘犯姐姐

看銀燈半滅看銀燈半滅玉爐烟燼冷清清擁抱寒衾
枕謾傷心哽咽謾傷心哽咽蛾眉爲誰顰玉容爲誰損
正孤眠未穩正孤眠未穩子規何處鳴愁無盡聲聲訴
與離人聽又被簷鈴將好夢驚

滴溜子犯園林

憑誰訴憑誰訴默默此情幽窓下幽窓下針線謾停繡
到鴛鴦交頸又滴下相思淚幾點濕透羅襟空對景歎

傷情空對景謾勞神

僥僥令犯鶯墜

娘行難離側侍妾謹隨身總有音書無魚鴈誰肯把針兒將線引薄情人須記得香羅帕上萬種恩情

醉翁子犯多嬌令

夜靜抱銀筝把氷絃謾整又彈出鶯孤燕寡鳳拆鸞分追省恨只恨當初花下相逢眼底情風又淸月又明枉把青春虛度了美景良辰

尾聲

漏遲遲昏晒醒繡簾外重門寂靜深鎻着一天愁悶

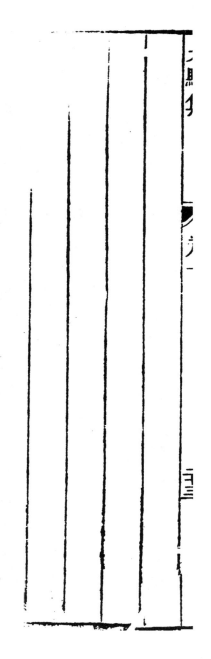

○金絡索

楊升菴

輕烟拂柳芽。紅入薔薇架。病掩重門。最是春來怕。不知郎去在誰家。歌舞青樓戀着他。却恨濃雲薄雨遮人面。怨蝶愁蜂老歲華。心頭事。短長難寄到天涯。空教人貌減梨花。性減楊花。冷落了風流話。

前腔

荷花蕩日華。湘簟開朱夏。燕語鶯啼。總是傷春話。晝長聽不穩窓紗。恨倚雕闌日又斜。未乾別淚重重滴。不斷離愁轉轉加。相思病當初却恨是誰差。空教人心戀葵花。眼戀榴花。問什麽行人卦。

前腔

西風捲暮霞望裡山如畫落葉蕭蕭幾陣窓兒下扶疎青髩怨年華粉褪朱消只自嗟怕人孤枕風偏冷照我無情月似他魂漂蕩幾番和鴈度汀沙空教人嬌怯寒花瘦怯黃花㕷着他名兒罵

前腔

彤雲點點遮暮雪紛紛灑坐對寒檠香冷黃金鴨如今方信是寃家害盡相思只爲他逢人欲問天邊信見面終朝眼上爬風流債多應宿世帶嗟呀空教人白怕梅花紅怕茶花脂粉心都丟罷

○○○ 桂枝香　　唐伯虎

蓮臺漏落薰籠香細寒生小閣春殘人在遼陽天際鞦
韆影度墻鞦韆影度墻無奈芳心擺拽又度了一番花
事到薔薇摘花浸酒春愁重燒竹煎茶夜飲遲

前腔

紅樓凝思綠陰鋪地輕黃落盡蜂鬚淡粉烘乾蝶翅見
雕梁燕兒雕梁燕兒呢喃學語困人天氣薄情的何處
章臺路飛花襯馬蹄

前腔

芳春將去玉人歸未心隨柳絮飄揚貌與梨花憔悴幽

閨夢迷幽閨夢迷怎識關河迢遞音書難寄意如癡惟殺雙鴻鸂鶒橫塘相並飛

前腔

封侯未遇王孫何處綠楊葉底黃鸝紅杏枝頭杜宇惜芳春又歸芳春又歸滔滔逝水欲留無計漏聲遲宿鳥驚枝處殘燈落盡時

錦纏道　　沈青門

滿帆風吹不動離人小船愁重滯江邊盼相思盈盈一水春天我想他别時言送時情行時淚眼怎教人不恨迷離意馬心猿說什麽好姻緣這破題兒是柳愁花怨江關信杳然何日覩桃花人面怕夢魂依舊在清源

普天樂

記銀燈思金釧鳳鸞交蜂蝶戀青樓上青樓上錦帳爱筵今番做怨鶴啼鵑是當初偶然再休題抱琵琶醉我花前

古輪臺

艷陽天隔墻裙底弄鞦韆笑歌聲淺孤蓬裡有客覊棲
對此春光番惹出一段熬煎燕解離愁鶯知別怨一雙
雙宛轉話江烟又恍是傳消寄息把佳期約在明年怕
只怕一灣流水半窓殘月幾村漁火寂寞對愁眠難消
遣一瓶香煮惠山泉

尾聲

彩雲望斷春波遠空寄鸞箋鳳柬只落得心在章臺淚
滿船

○五抝子　古調

鳳友鸞交自古風流少下稍常言道稱心好事豈得堅牢花和柳都漸老兩好合一好半步見不曾拋誰想今番是你心變了

前腔

相思惱害得我沒分曉恨只恨短倖俏冤家他一去都忘了杳魚沉鴈杳曾記得盟香花下禱聽信那箇外人挑起一片陷人心你却全不念好

前腔

最苦是冷清清最苦是人靜悄最苦是悲悲切切鴈聲

高啾啾唧唧蛩韻聒泌泌渌渌砧聲鬧好教我聽不着
眼睜睜巴明只捱不到曉

前腔

最苦是燈殘倦挑最苦是寂寞更長漏杳一更見有五
點敲點點見和着淚珠拋天那只被他一聲聲攪得我
愁腸斷了

尾聲

更見捱徹鄰鷄叫又被鐵屏驚覺你便是作家人也捱
不得曉

刷子序犯　劉東生

雲雨阻巫峽傷情斷腸人在天涯奈錦字無憑虛度荏苒韶華嗟呀春晝永朱扉低亞東風靜湘簾閒掛黛眉懶畫鞞宮鴉鬢邊斜插小桃花

普天樂犯

燕將雛遷初夏夢斷華胥風美簷馬閒扃了剩綉惡紗香消寶鴨那人在何處貪歡耍空辜負沉李浮瓜寂寞厭池塘鬧蛙庭院日午偏憐我桃簞上夜凉不見他家嬌姹愛風流俊雅倚欄杆猛思容貌勝荷花

虞美人犯

景淒涼人瀟灑何日把雙鸞跨怨薄情空寄雲箋相思
句盡續琵琶彈粉淚濕香羅帕暗數歸期在斜陽下動
離情征鴈呀呀無奈心事轉加對西風病容憔瘦似黃
花

鍼線廂犯

漸迤邐寒侵繡幃早頃刻雪迷了鴛尨自恨今生分緣
寡紅爐畔共誰人閒話顛嚊罷托香腮悶加膽[illegible]中旋
添雪水浸梅花

尾聲

重相見兩意佳憶昔傳杯弄斝斷送了年時四季花

〇〇香遍滿　　王雅宜

一春長病香肌近來偏瘦生簾外鶯啼春又盡薄情何處行紅樓獨自凭萬山羣霧凝衹見歸鴉影

懶畫眉

飛花紅日點窗櫋自惜流光暗裡更羅衫濕透淚盈盈懶向粧臺整整憔悴紅顏怕鏡明

梧桐樹

君行萬里程妾守孤幃冷自出河橋一旦如萍梗香奩冷落殘脂粉淡盡春山教我如何學效顰幾回欲遣懨煎病暫理冰絃又奏出相如薄倖

悉閒曲水流茶徑

浣溪沙

伶仃瘦形芳菲麗景總無情見了傷情多才更不憐孤
另交我羞擁鴛鴦翡翠衾妾薄命只落得淚珠兒常滴
枕無眠展轉挑燈

劉潑帽

自省想你多丰韻過章臺買笑千金風流不減楊花性
眼自古只留戀偎紅粉

秋夜月

忘却舊盟好一似瓶沉井鴈字魚書皆亂難聽將人拋得
無投奔俺這裡無眠他如何睡穩

慶歐令

排悶擁立花陰砌影簾櫳戶半扃蘭膏炙盡更初分羨
蛺蝶和香寢嫦娥斜倚玉壺冰皎皎帶三星

金蓮子

悶轉增愁聞曲水流花徑不斷絕哀聲怎禁又聽得那
枝頭一聲聲嗚咽夢難成

尾聲

好涼天重門靜香消寶鴨夜深沉真個是相思海樣深

新水令　　唐伯虎

水沉消盡瑞爐烟、夢驚回可惜語燕、掩重門深小院、空辜負艷陽天、花柳爭妍、花柳爭妍、教人倍傷感。

步步嬌

徐步閑庭試把愁懷遣、無奈金蓮倦、心中愁萬千、滿目繁華、總是離人怨、默默悄無言、把欄杆十二闌凭遍。

折桂令

數歸期惟因春纖、纔見春來、又早春還、盼多才雲鬟倦整、繡衾慵拈、帳東風吹散了殘紅、萬點愁、東君收拾去光景無邊、心事綿綿、鬼病懨懨、又早見南窗外新笋成

江兒水

歎息端陽至門庭艾虎懸想年時共賞荷亭畔切菖蒲設把金尊歡浴蘭湯相並搵紈扇誰料薄情心變一別經年杳沒個音書回轉

鴈兒落

我爲他被娘行苦自嫌我爲他被姊妹們相輕賤我爲他消瘦了柳葉眉我爲他清減了桃花面我爲他滴盡了相思淚我爲他茶飯上不週全我爲他害了懨懨病我爲他終夜裡竟忘眠大恁不與人行方便若得他團

也麽圓、准備着誓盟香、荅謝天、

僥僥令

冊桂飄香出、廣寒皓魄、嬋娟、嘆我孤幃無人共、心自想嫦娥、也獨眠、想嫦娥、也獨眠、

收江南

呀早知道這般樣薄倖呵、誰待要結良緣、擁盡了衾寒枕冷夜如年、愁聞征鴈過樓前、一聲聲可憐、一聲聲慘然、爲甚的寃家不把信音傳、

園林好

你緣慳奴身命蹇、別時易相逢甚難、一任雲鬟撩亂零

落了翠花鈿憔悴了粉容顏、

沾美酒

値嚴冬陽九天彤雲布朔風旋只見柳絮梨花亂撲簾獨坐在獸爐邊烹鳳髓煮龍涎銷金帳共誰歡忭不記得雙雙罰愿我呵到黄昏轉添悶懨對清燈悄然淚漣呀猛傷情把玉釵敲斷、

清江引

紅顔出來多命蹇不索將人睬恓惶兩淚流休被娀韉面望長安路迢遥郎去遠、

傍粧臺　　王雅宜

幽閣百花穠。銀牀冰簟綉芙蓉。翠翹欹雀雲撩亂。水晶雙枕墮釵橫。青樓朱箔天涯遠。隔斷巫山幾萬重。畫廊人靜難禁午風飛。紅冉冉度簾櫳。

前腔

含笑捧金鍾。步搖金珮響玲瓏。別來蕙帳餘清夜。銀缸花落幾番紅。身無彩鳳雙飛翼。何處桃源有路通。綠陰庭院何時再逢。玉簫吹徹月朦朧。

前腔

無睡數流螢。乳鴉啼散玉屏空。舞衫清露涼。金縷層樓

卷一

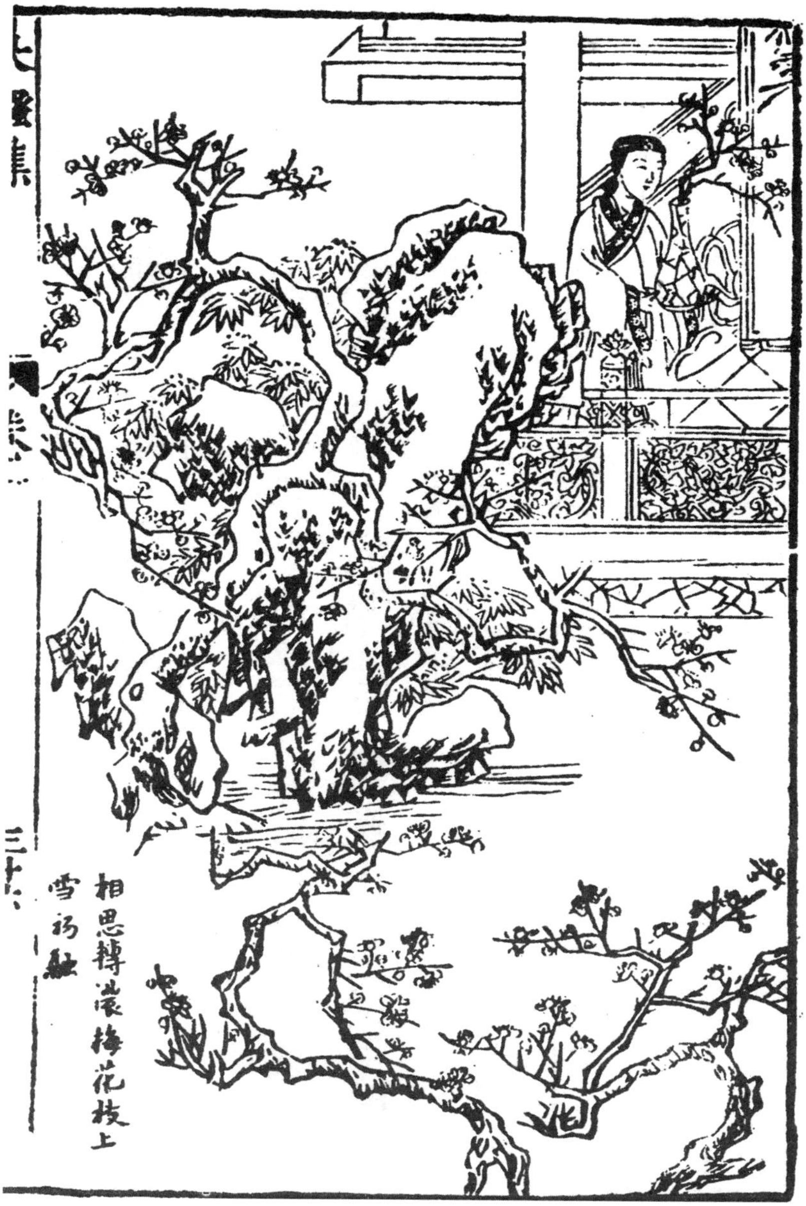
相思轉縈梅花枝上
雪初融

十二與誰同彩毫欲寫離情寄羞緘鸞箋花壓鴻更闌

香燼朱戶懶扃秋聲何處嚮梧桐

前腔

那日畫橋東朱門曾繫玉花驄醉醒錦袖籠香晚茗甌

翻雪小房櫳風流回首成陳迹愁對寒山數點峰闌干

遍倚相思轉濃梅花枝上雪初融

傾杯玉芙蓉　　楊升菴

隔墻新月上梅花、繡閣吹燈罷、驀忽地冷了瑞琴撇下箜篌、倚了薰籠、放了琵琶、那些些個春宵一刻千金價畢竟夜靜三更萬事差、人牽掛控心猿意馬、這浮雲遊子、何日別京華、

玉芙蓉

相思夢見他、夢裡多催耍、醒來時依然人在天涯、鴛鴦對對成虛話、做蝴蝶紛紛過別家、奴生怕、怕的是金雞和鐵馬、悄不覺催雲送雨到窗紗、

普天樂犯

聽更籌頻頻下、淚滴滿鮫綃帕、料多情別有嬌娃、把我認做冤家、當初來嫁、星辰應犯孤和寡、便今朝錦帳文鴛、做了路柳墻花、

朱奴兒犯

鎮日裡粧聾作啞、捱一刻勝如一夏、問張郎何日眉重畫、玉簪兒打得散牙、覷腰瘦不堪把飢時不飯渴時不用茶、美得人憔悴、一廻煩惱一廻嗟、

尾聲

海山盟丟開罷、枉自去燒龜叩尾、把美滿恩情做淚滾湫、

步步嬌　　許然明

簾捲西風重門掩、落葉清珍簟、秋歸六曲闌、暮暮朝朝、前事思量遍、金鴨晚香殘、恨藍橋咫尺雲遮斷、

江兒水

曾記紅橋畔、綠水邊、似亭亭出水芙蕖艷、未吐嬌歌脣先歛、嚬花無那闘情伴、脉脉楚天人遠、江上雙峯夜夜澄波如練、

園林好

乍想像凌波洛仙、更彷彿臨春舊歡、想璧月瓊枝猶爍又何事臥彫簷、將梅瓣貼花鈿、

川撥棹

尋常見、只合駐清都閬紫烟、爲深盟未了塵緣、爲深盟未了塵緣、下蓬山游行世間、照雙心寶鏡圓、照雙心寶鏡圓、

五供養

秋期已半、天上宮闕今夕、何年、雙星低碧漢、瓊島會羣仙、露涼雲淡、正寶地花宮顯灩、娟娟華月爛、何用絳紗懸、三五風光、百千纏綣、

僥僥令

綺疏雲易散、青鳥信難傳、月笑多病臨邛題柱客、但只

對文君瀞翠箋

餘文

紅銷鳳蠟，慵非淺，且點掄於昔日舞裙歌扇，豈肯容易先將洛浦塡，

情之所鍾不根而固聲之所動無翼而飛是以秦女登臺逐簫聲而引鳳班姬擣素步月扇以吟秋思婦悵別於陽春征夫傷離于皎日何生悲遂蔡女哀絃情以感生文因情致清秋多暇追省舊遊憶琳宮之作遇欣桂嶺之再逢舊緣新恨對月有懷於是濡毛穎以抒思和墨卿而摛藻旋翻舊譜

遍按新聲成日苧之清商與紫囊之逸調寫之團
扇聊繫紅綠

番山虎　古調

夜雨滴空階蛩使離愁縈滿懷、線脫珍珠在我腳前揣、綉屏空自靠、獸衾懶去捱、香消金鼎燈昏寶臺空房孤另守更長夜怎捱、此際實無柰愁眉不展開、合短行喬才行短喬才去後音書漸乖、

前腔

冤家一一去枉自徘徊想起他情思謬夢魂到楚臺又被簷鈴鬪使奴驚覺來不記得花前語盟言盡數里空自悲諛自撒誰想他貪別愛何時得再諧、合前

前腔

去蔣節、春花艷色、到如今秋深節屆、全不想恩愛重如山、空教奴悶懷深似海、惱恨喬才、桃畔無眠、累得人獨害、合甚日歸來、待等歸來、錦帳鮫綃再解。

前腔

他那裏珠圍翠遶、俺這裏形骸漸衰、他那裏戀香憐、俺這裏朱顏改、塵蒙鏡臺、空問寶釵、瘦得似沈郎腰、蕭條羅帶、病得似潘郎貌、雙鬢早白、都只爲分淺緣慳、總是妾命該、合前

尾聲

一床錦被空閒在、甚一種離愁怎解、怕窗外蕭蕭雨灑堦

鬬寶蟾

陳大聲

點檢梅花見南枝春信漏泄今宵雪模糊可堪半壓簷稍依稀暗香動且浮疎英嫩又嬌正無聊着意看花却又被花相惱

前腔

清曉眉黛慵描整殘粧無語問花微笑惜花人此時意信寥寥凭欄天寒縞袂薄風輕繡帶飄自今朝一捻腰肢寬掩翠裙多少

忒忒令

任雪花梅英鬧巧憔悴人暗傷懷抱此情若與天知道

卷二

袂薦風輕繡
帶机

離恨比天更高。果然是天知道。和天也瘦了。

五供養

青山顛老。誰收拾滿地瓊瑤。蒼茫冬暮景。舉目總蕭條。笑我因花起早。聽滿耳靈禽喧噪。不報些兒喜。惹煎熬。比風吹面利如刀。

好姐姐

一交黃昏靜悄。孤另另銀釭相照。把燈兒慢挑。和衣剛睡着誰驚覺。聲寒指冷難成調。偷弄飛瓊碧玉簫。

川撥棹

難猜料。自來道讀書人心性喬。早嫌上金屋姿嬌。早嫌上金屋妾嬌，頻忘了臨邛故交，漢相如恩愛，薄卓文君緣分少。

錦衣香

瓓珊了錦字，詩差錯了瑤琴，操欽分了交股金釵，帶折了連環套，鳳凰簪蹀躞，玲瓏那得堅牢，桃花苑上不通潮，傷心總是雨葉風條，連枝樹近來也生成恨，種愁苗魚鴈無消耗，水濶山高，紅絲繫足，誰把氷刀雙攪。

槳水令

不索把穹蒼禱告，一任他傍人戲嘲，盟香夜夜對天[illegible]，憂情未訴，意攘心勞，從前誓都忘却，只求眼下他來到。

鴛鴦被鴛鴦被重薰麝腦鋪金帳鋪各帳共飲香醪

尾聲

愁容等得生歡笑愁甚麽春冬天道寄歲月夕花朝

新水令　　　　　　　　　　　　　　　　祝枝山

一春無事爲花愁，對東風轉添憔瘦。嘆多才難割捨，對景謾追遊。歲月如流，歲月如流，心上事今非舊。

步步嬌

獨掩紗窗空把香囊綉，無語沉吟久。香閨淚暗流，自恨無緣將好事難成就。何處訴離愁，淚珠兒濕透羅衫袖。

折桂令

這幾日爲傷春懶上妝樓，新事兒一一難留。對人前把精神强扦，飲食不週。想當初實指望天長地久，到如今空惹下蝶怨蜂愁。情思悠悠，無了無休，空辜負畫堂前柳媚桃嬌，挨不過繡幃中日暖風柔。

江兒水

玉腕常虛溜，湘裙過掩頭。今春更比前春瘦，見雙雙燕子歸來後，悶懨懨鬼病相纏守。無限淒涼僝僽，靜掩重門，捱幾個黃昏時候。

鴈兒落

空對着碧溶溶一影籌，暗數着靜悄悄三更漏。鬥伴着薄怯怯翡翠衾，空倚着香馥馥黃金獸。纔要做一個團圓夢，又被那子規聲在窗外頭。看看月轉過鞦韆架，又被那曉鶯聲送我愁。休，再不索閒窮究。甚的囙由不是覓家不聚頭。

僥僥令

繡幙珠簾懶上鈎。日午慵梳頭。一任釵橫雲鬢亂。淚灑春山兩臉愁。

收江南

呀。早知道這般樣春光虛度呵。向月裡訴離愁。俺只見過時桃杏不經秋。你如今好。休俺如今好丟。只恐怕文君不比舊風流。

園林好

海山盟全不應。只說的話都成怨讐。負心的蒼天不祐。

團伴着薄怯、翡
翠衾空、荷蓋香
馥、黄金獸

須有日看傍州、須有日看傍州、

沽美酒

嘆春光似水流、嘆春光似水流、不覺的一年休、俺只見雨雨風風暗結愁、紅雨散綠雲收、鶯儔燕子報新秋、不明白兀家拋人在腦後、甚日裡得佳期成就、不記得拈香說咒、我呵俺和你志投意投那些兒不投呀、要相逢甚時能彀、

清江引

秀才不來添煩惱、自覺香閨悄、懨懨病轉加、害得沒分曉、一天愁待他來都散了、

四塊玉　沈青門

建安才河陽貌從一去郊怎無消耗別時節淑景初交驀又把芳時過了三秋易到可意人難到觸處無端成懊惱對瑤琴玉軫愁調向粧臺蛾眉怕掃寄香囊綉字慵挑

鴈過聲

無聊況復奏巧風和雨縱橫正飄時聞鐵馬偏聒噪夢難成懊難熬更漏聲將盡譙鼓頻敲鷄聲又早寒蛩抵死在窗前哨不由俺愁悶攢更直到曉

傾杯序

蕭條爽漸生暑漸消塞鴈又呀呀叫看滿徑黃花滿林紅葉滿地蒼苔心轉焦有誰憐瘦損幾番夢醒畫眉人杳不由人不怨殺暮暮暮更朝朝

玉芙蓉

參差玉珮搖恍惚銀瓶掉好姻緣做了有下無稍峰頭夢斷難重到洞口花開怎再邀把些些恩和愛如塩在浪淘奈江深沒底枉徒勞

山挑犯

寫罷了回文稿打疊起離鴻調愁來待把菱花照須知不似前春嬌畫圖如寄應饒笑傍丹青時復擎管差撇

尾聲

孤辰限豈自招知甚日于飛相效也免得兩下東西似伯勞

金索掛梧桐　　梅馬仝

[illegible][illegible]停柳外聲，燕遶梁間語，萬紫千紅水面飄香絮，凭欄細把花期數，九十春光一點知何處，一寸柔腸萬縷還千緒，那堪幾陣無情雨。

東甌令

天涯路，老蘼蕪，舊日王孫歸去途，吳歌越吹青樓暮，多少銷魂處，東風無力倩誰扶，羞傅粉，怨調朱。

皂羅袍

冷落綠窗朱戶，漸凋零寶馬，香車柰蘼，香霧怯羅襦，桃花歌扇閒金縷，一簾春夢，偏驚杜宇，芳心似共春無主

尾聲

把歡娛休舐貧只待滿身花影倩人扶醉倒黃公舊酒壚

宜春令　　三首 殼

青陽候烟雨淋，嘆東風吹人鬢星，陰晴難定，扶桑久望羲和影，恠鸛待不住悲鳴，恨蛇醫因何有准，堪憐韶光如錦，一時都盡。

太師引

玉驕驄迷却天台徑，問劉郎何由去行，說甚麼鶯簧如奏，最苦是蛙鼓喧，吟窗風簷溜聲相應，料樹底殘紅成陣，消磨處詩囊酒樽，時常向書齋獨理瑶琴。

瑣窗寒

冷蕭蕭多少關情，不見西廂待月人，看烟迷楚甃霧礙

秦箏紅愁綠慘縈人方寸好風光暗中消損可憎梨花
寂寞閉深門說甚美景良辰

三段子

驀然上心憶麗兒桃花樣新顯然斷魂憶腰兒柳條樣
輕花間曾把香肩並星前曾把山盟訂一別陽臺樓遲
到今

東甌令

流蘇帳翡翠屏金屋誰藏漢苑春情多誰附青鸞信聯
覺梅花冷悠悠心病上眉痕此病竟何曾

三換頭

佳期久壓光陰虛迅青鸞去也竟茫茫彩雲風流都盡
這些時只索把青衫來揾何從覓玉人想像嬌姿喜殺
他一笑嫣然百媚生

劉潑帽

仙源咫尺難通訊似九嶷遥隔湘雲鴻都玅術無憑準
莫心驚語燕來相逞

大聖樂

記當初帶綰同心這都緣宿世姻豐城雄劍雖相應爲
恁的一時分我思如荳蔻千重東思逐梅花一夜生情
傷意懶忍見那花留寶靨草颭羅裙

三學士

誰道青裳能解慍織文無頓覺銷魂作懶怕覩湘妃簟蕉葉愁看美女心鬱鬱宜男開滿徑偏攪亂惱花心

解三醒

恨雷師烈烈驚人憶月姊廣寒孤另風姨慣惹離人恨把牛女隔天津怎做得襄王好夢歸巫峽空有子建高情賦洛神重思省重思省猛記得羞鬆金釧笑剔銀燈

節節高

相思計莫伸叫真真畫圖寂寞全不應鸞釵擲碎夢驚蜂媒冷燈前錯把羅裳認桃邊猶有餘馨剩何時完就

美前程粧樓重挽雙鴛頸

入逐鼓

雲山幾萬層自無許俊謾說崑崙墻頭深鎖紅綃影章臺不耐柳條青人去秦樓空餘鳳聲

樸燈蛾

晴天錦綉紋花鳥相輝應何似别離人不得長相歡慶也看香餘粉剩安排玉枕待雲英仗花箋傳情寫恨還相倩管教開閣引書生

尾聲

風流偏惹風流悶有月春回茜草裙拵做箇太守輕携

黎土隱

○香遍滿　　唐伯虎

因他消瘦，春來見花眞個羞。羞問花時還問柳。柳條嬌又柔，絲絲絲不綰愁。幾回暗點頭，廝稱我眉兒皺。

懶畫眉

無情歲月去如流，有限姻緣不到頭。懨懨春病幾時休。繡戶輕寒透，十二珠簾不上鈎。

梧桐樹犯

黃鶯似喚儔，紫燕如呼友。浪蝶狂蜂，對對還尋偶。針線箱無端故把人僝僽，一片身心教我如何得自由。五更轉梨花細雨黃昏後，靜掩重門只與燈兒廝守。

浣溪沙

我容貌嬌他年紀幼那其間兩意相投琴心宛轉頻挑逗詩謎包籠幾和酬他去久有些個風聲兒未真實向人前須問個因由

劉潑帽

浪遊那裡也青驄驟向吳姬買酒壚頭烏絲醉寫偎紅袖廝逗遛半霎兒渾忘舊

秋夜月

恩變做讐頻忘了神前呪耳畔盟言皆虛謬將他作念他知否他待要罷了我何曾下手

東甌令

難消悶怎忘憂抱得纂箏上翠樓絃聲曲意都非舊淚濕透春衫袖青山疊疊水悠悠何處問歸舟

金蓮子

別時留下羅半幅詩一首做一個香囊兒裝收怕見那繡鴛鴦一雙雙交頸睡沙頭

尾聲

等待他來時候鴛幃重整舊風流把往事從前一筆勾

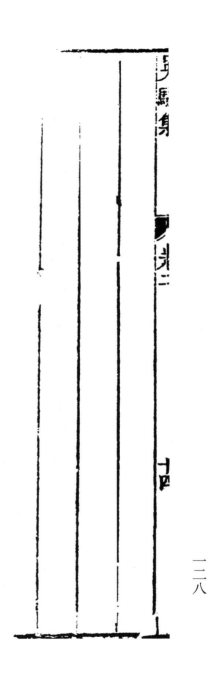

普天樂　二酉山人

對西風愁清夜燈兒影半壁明滅擁寒衾怕聽吹笳似訴我離人悲咽嘆桃渡迷恨藍橋絕意嬌癡魂驚怯恠佳期咫尺雲遮倩誰傳我柔腸萬結念多情枉勞魂夢飛越

鴈過聲犯

堪嗟月照窗斜更簾兒外鐵擊叮噹隨風掣數盡更籌那人來那些冷繡被鋪紅煩望迢迢秦樓路賒更寂寞簫聲微從今後相思淚濕都化做啼鵑血

傾盃序

輕別恐下得義絶空自想題紅葉鴈字魚書蟬鬢蛾眉
鳳侶鸞儔盡已消歇不想畫樓人靜小窻月滿蕙帳低
揭乍相逢一晌恩愛頻歡悅

山桃犯

夢蘭時愁重疊憶盟言空相設瘦損纖腰寬褪綉裙褶
誰道驟娛又已成磨滅料兒郎不戀閑風月多應是路
阻巫峽

尾聲

拭啼痕心應折這相思何時寧貼做到死春蠶絲縛絶

山坡羊

梅雪金

嬌滴滴一團風味熱急急萬般情意俏婷婷栁絮隨風軟怯怯一似梨花雨分外奇輕分燕子飛風流雅調不是尋常趣却笑洛水湘波空教魂夢迷堪題總飛煙也不如還疑比紅兒也不如

玉交枝

粉瑩香膩淡春山灣灣兩眉金波眼底生秋水燦香痕一點唇朱搊箏十指如王飛輕歌一曲春聲細落花輕筵前舞衣飛檀屑梳邊咲語

忒忒令

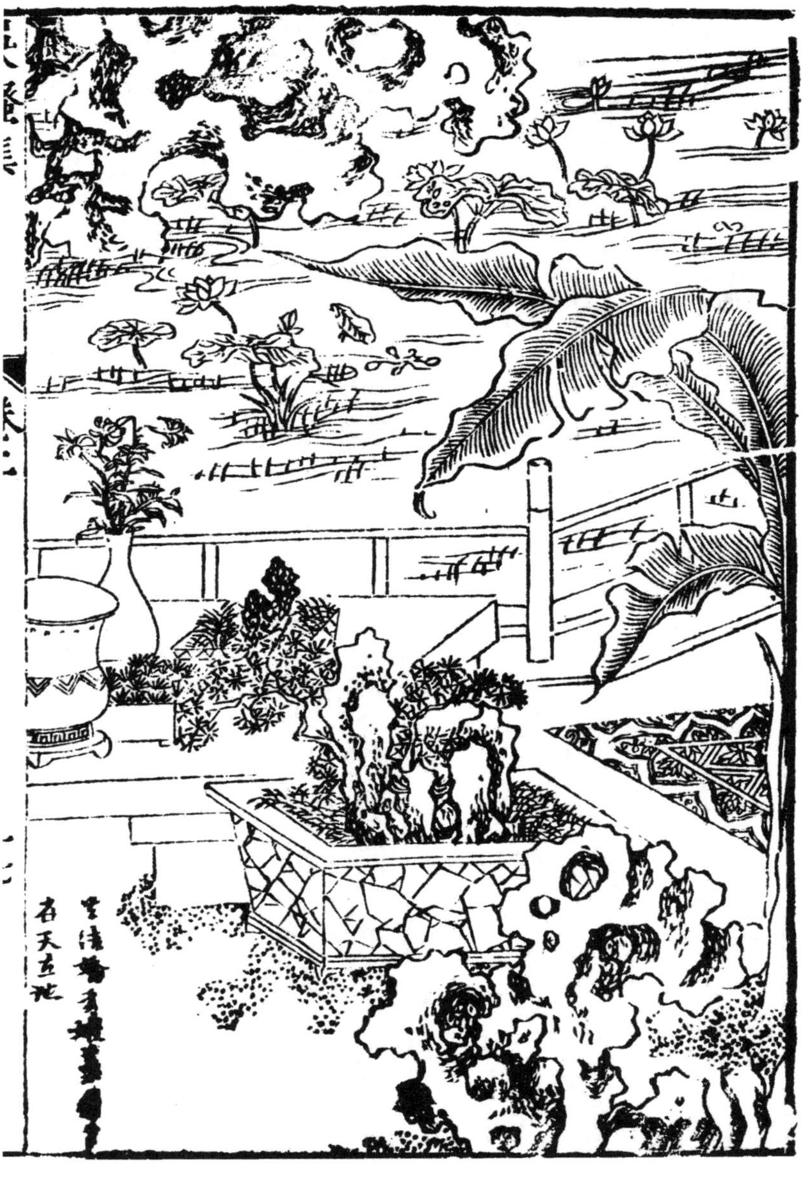

透骨髓風流怎暨牽魂夢相思忒迷因此上春心縢入鴛鴦計怎肯忘恩義掌上珠心頭氣料情難轉移

好姐姐

共結嬌香嫩蕋願世世在天在地天長地久此情不斷離傍人計隨他古鍬唇鎗利怎忍得耳畔心頭生是非

川撥棹

星前誓憐可可只自知但願得兩下常依但願得兩下常依把恩情似山高水低山樣高無了期水樣深無盡底

十二時

劉鴛帶綰鶼鶼翼把別樣風情再莫提輸却我半世處

心都在你

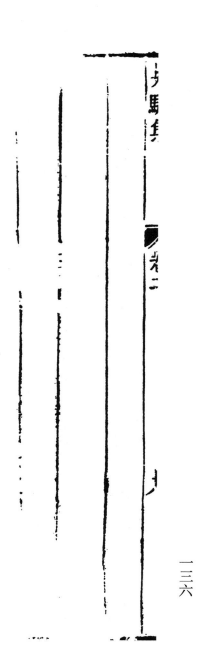

針線箱

自別來杳無音信昨夜裡燈花未准五行中合受凄凉運真個是惱人方寸有時節獨立在垂楊下可奈枝上流鶯和淚聞合愁悶損縷金衣上一點點都是啼痕

前腔

過一日勝似三春看看的春光將盡害着不疼不痛懨懨病漸覺道帶圍寬褪正是落紅滿地胭脂冷早雨打梨花深閉門合前

解三醒

待寫下滿懷愁悶更說與外人不信廻文錦詞徒織就

倩誰訴與斷腸人幾番待撇壽思别事因爭柰一夜懽娛百夜恩合今番病非因害酒只爲傷春

前腔

海棠嬌等閒憔悴損又不見當時花下人東風不管離人恨苦吹散楚臺雲如癡似醉悠悠夢魂恨不得飛上青山立化身合前

尾聲

恨滿情無憑准終朝思省淚珠傾這樣傷春誰慣經

十二紅

山坡羊照孤衾寒燈半滅，捱樵鼓三更初徹，要什麽夢兒中見他，早醒來添個新離別。五更轉恨鐘聲和鷄唱催殘月，幾番眼上眼上空流血，守着露冷霜寒衾枕何曾寧貼。貳犯令囀流鶯枝頭韻切，催花雨朝來凛冽，寒料峭曉風把繡戶偏推拽。江兒水惱人半晌心頭熱，剩枕閒衾堆疊，雲鬟鬅鬆擗不住，起來嬌怯。玉交枝香奩頓撇，剖雙鸞菱花半缺，瘦龐兒粉褪胭脂謝。賣花聲空自哽咽。五供養你看雲收雨歇，美新晴花影半斜，晴過五十刻腸斷兩三折，情在心頭人還離別。好姐姐生惹

相思遍折挨一刻如挨半月玉山頹 沉思倦想忘却坐
來時節暮雲扶日色又回車踈林掩映夕陽遮鮑老催
登樓慘切乳鴉喧渡頭人歸也恨他何處貪歡悅川撥棹
看投林鳥疾如梭不暫歇照紗窗又見新月照紗窗又
見新月嘉慶子 更照我孤星偏皎潔把相思空掛唇舌
把相思空掛唇舌幾個黃昏經挫折僥僥令 却憐更漏
水那得纖余熱展轉無眠成瘦怯使合眼莊周飛淚蝶

尾聲

十二時中成萬結恨離別經年動月却教我晝夜思
空自說

香羅帶　康對山

東風一夜剗雲收雨歇傷心怕見窓外月嘆姮娥獨守廣寒闕也爲我多愁處照離別更長漏永燈半滅合便做挫折金針也解不得我愁腸千萬結

前腔

愁腸千萬結實難打疊新愁舊恨都莫說怎捱過今夜這時節也只見離床靜綉幃掩無言怕聽窓外鐵合前

醉扶歸

鶯儔燕侶恩情絕鸞交鳳友頓抛撇本是韓朋塚上兩鴛鴦番做了莊周夢裡雙蝴蝶合曾和他綉帶結同心

反教我翠袖沾紅血。

前腔

雲鬟散亂金釵折，腰肢瘦損絳裙褶，誰想燈花不准，鵲聲空，再來不把金錢跌。合前

香柳娘

嘆陽關唱徹，嘆陽關唱徹，井梧飄葉，把佳期望到黃花墜。雪這深盟永訣，這深盟永訣，秦晉約都成吳越。合 要相思妥貼，要相思妥貼，直待黃河水竭，泰山崩裂。

前腔

奈衡陽信絕，奈衡陽信絕，纏綿意悒，如今博得個憂愁

僝僽想音調韻叶想音調韻叶香倫王竊如今傳得悲

啼哽咽（合前）

尾聲

啼痕界破桃花頰顰眉蹙損遠山月縱使蠟燭成灰心尚熱

○步步嬌

樓閣重重東風曉。玉砌蘭芽小。垂楊金粉消。綠映河橋。燕子剛來到。心事上眉稍。恨人歸不比春歸早。

醉扶歸

冷凄凄風雨清明到。病懨懨難禁這兩朝。不思量寶髻插桃花。怎禁他繡戶埋芳草。無情挈伴踏春郊。鳳頭柱綉引鞋小。

皂羅袍

甚嘆薄情難料。把佳期做了流水萍飄。柳絲塘約玉肌消。落紅惹得朱顏惱。情悻意絆山長水遙。月明古驛東

緑映河橋蓮子
刪來到

風畫橋。俏寃家何事還不到。

好姐姐

如今瘦添楚腰。悶懨懨離情懊惱。落花和淚都做一樣飄。知多少。花堆錦砌。猶堪掃。淚染羅衫痕怎消。

香柳娘

隔簾櫳鳥聲。隔簾櫳鳥聲。把人驚覺。夢回蝴蝶巫山杳。我心中想着。我心中恨着。雲散楚峰高。鳳去秦樓悄。怕今宵琴瑟。怕今宵琴瑟。你在何方美調。撇得我紗窗月曉。

尾聲

別離一旦生芳草畫棟梁空落燕巢可惜妝臺人自老

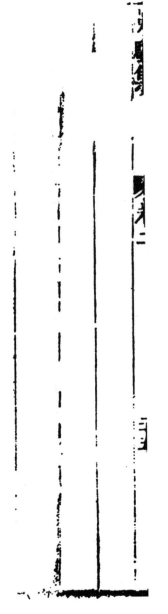

梁州序　　祝枝山

廣寒清冷瑶堦風露幾許春愁難訴雲收雨斷晚來桃簟羞鋪空憐長鋏待得團圓又被風塵阻世間偏是我命兒孤誰問相思病有無合經年恨青春悞香閨長夜天涯路心上事好辜負

前腔

蒼苔冷綠簾櫳香霧黃昏人立庭梧只見輕雲冉冉長空幾點沉浮祇怔三星在戶千里驚心夢入關河阻樓臺春寂寂浸冰壺悶倚雕欄淚欲枯合前

前腔

恨雙魚音問全無似銀河終年間阻看長途迢遞樹烟

山霧閃得朱門靜悄金屋蕭條人怨長門賦紗窻花影

轉夜如何剩枕閒衾病較多合前

前腔

嘆清光何地管無畢竟是照他照我偏是他今夜裡共

誰歡娛我把蒼苔立遍羅袂生寒隱忍心頭苦腤將當

日事問嫦娥誓海盟山竟若何合前

節節高

相逢分有無强支吾釵鈿寶篆閒朱戶添悽楚緑鬢枯

紅顏妬曉開粧鏡花羞觀悞人脂粉何曾傅合可憐樵

悴月中人慣牽愁恨天涯路

前腔

風流惹恨多訛當初曾教分入姻緣簿成虛度離恨窩相思譜懨纏冤債風塵姤何時了釋從前苦合前

尾聲

天邊月冷心頭苦這凄涼分明是他負我只落得人月如今一樣孤

桂枝香　　吳崑麓

畫樓凭倚綉窓凝思靜聽午夜更籌數盡了一春花雨心中自思心中自思與你何時相會使我芳容憔悴薄情的約在元宵後朱明又近矣

不是路

燕子飛飛掠水來尋梁上棲這的是鳥無知尚尋着危巢舊壘可以人而不鳥如昏沉𠼰那堪亂亂愁千縷除是朦朧一夢裡教我如何是看看瘦削溫香體甚藥能治總有妙藥難治

長拍

淡淡湘山淡淡湘山悠悠漢水頃刻間暮雲遮住這是五行八字命運中合受分離對鏡自支頤怎禁那一點點粉容消膩兩處愁眉不住鎖分明是霧擁高峰難展舒空教奴立化做了望夫石又不知天涯浪蕩子知也不知

短拍

簪解螭頭簪解螭頭釵分鳳尾不成雙見了傷悲誰與我訴凄其縱有鸞箋象管難寫我萬愁千緒若遇多才顛倒似花向春皓月重輝

尾聲

鶻聲噪行人至從此與你同行共止再不放你獨自離
家不肯歸

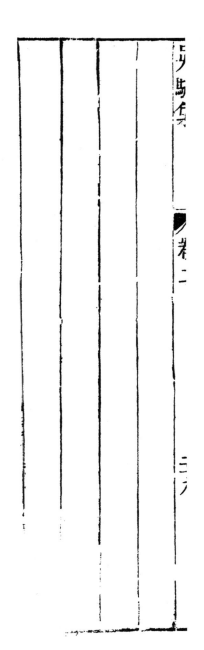

○○○二郎神

寄書來花箋上都是斷腸詩心事如同理亂絲爭奈紙短情長寫不盡兩字相思和淚封來須看取試看那封皮兒上都是淚漬從伊去這些時懨懨鬼病坐想行思

啄木兒

他比楊花性上下飛何處沾泥襯馬蹄他那里有萬種恩情俺這裡一天愁緒風流減盡雙顋瘁春山蹙損雙眉翠幾度臨鸞懶畫眉

三段子

陽關別離問歸時尚未有期陽臺路迷楚襄王何時會

幾度臨書懶畫眉

伊當初自恨無才思別離容易輕分袂追想從前悔之

又悔

前腔

秦期晉期路迢迢魚沉鴈稀鸞兮鳳兮在天涯翱翔甚時日茫茫濫起藍橋水焰騰騰祆廟都焚廢到今日鬢老心中更有絲

滴溜子

何月裡何日裡京兆畫眉怎能彀怎能彀何郎粉施頻使花容憔悴潘郎鬢巴絲瘦比楚腰尤細幾番血淚錯認做臉上胭脂

尾聲

相思相見知何日。夢見多來相見稀。一月思君十二時。

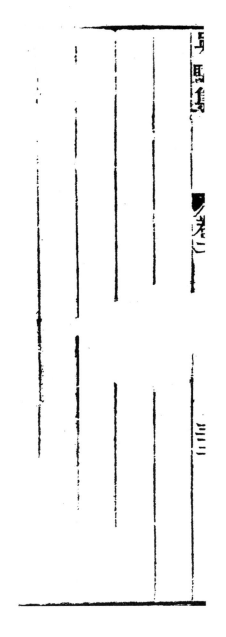

二郎神

楊升菴

春到後正三五銀蟾影乍圓深院裡誰家吹玉管紫姑香火聽一叢士女聲喧欲擲金錢暗卜歡爭奈歸期難算合遠如天真箇是斷腸千里風煙

前腔

嬋娟從別後萍流蓬轉多病多愁相思衣帶緩記名園花底笑挽鞦韆回首雲程隔萬山燕來時黃昏庭院

集賢賓

東風芳草競芊綿何處是王孫故園夢斷魂勞人又遠對花枝空憶當年愁眉不展望斷青樓紅苑合離恨滿

這情踪怎生消遣

前腔

海棠經雨梨花禁烟買春愁滿地榆錢雪絮成團簾不捲日長時楊柳三眠樓高望遠空目斷平蕪如剪合前

黃鶯兒

晴日破朝寒看春光到牡丹開將往事尋思遍玉砌雕闌翠袖花鈿一場春夢從頭換惡姻緣雲收雨散不見錦書傳

前腔

鶯語巧如絃趁和風度桃園聲聲似把愁人喚柔腸幾

般夢魂那邊、一、春憔悴誰相伴。合前

琥珀猫兒墜

紅稀綠暗正是惱人天、一片春心怯杜鵑、千般別恨攢
調絃潸然對天涯萬里落日山川、

前腔

水流花謝、春事竟茫然、都只因春帶愁來、愁到客邊、怎禁
春歸愁不與同還。合前

尾聲

九十春光虛過眼、人憔悴慵將鏡看、且罰金樽花前學
少年、

步步嬌　王雅宜

昨日春歸今朝夏時序如翻掌相思惱斷腸只怕愁病
無情減却容光血淚漬成行點點滴在青衫上

山坡羊

綠陰陰竹稍初放碧澄澄荷錢較長紅潑潑榴花漸舒
白茫茫麥隴翻銀浪雨乍晴園林梅子黃時移物換物
換人何向種種思量般般惆悵凄凉半開窗半掩窗悲
傷半思郎半恨郎

五更轉

納稼時離鸞帳到如今又揷秧南鱗北鴈北鴈頻來往

竝沒一紙書來慰奴懷想向晚來空倚定危樓望朝雲暮雨暮雨和誰講除非夢裡重逢和你徘徊半晌

園林好

覺來時愁魂半牀那人兒依然在兩廂只落得千聲悒怏端的是怎推詳端的是怎推詳

江兒水

睡起嬌無力窮愁莫可當聽玎玲風韻簾鈎響淸溜溜竹簇茶烟漾碎紛紛日映晴絲蕩混攪碎離人情況總有良工畫不出相思模樣

玉交枝

綠窗虛朗晝寥寥共誰舉觴芭蕉美影搖書幌一霎時過了端陽怕夢回驚破追楚襄眉兒淡了思張敞待見他山長水長待放他情長意長

玉胞肚

南薰鷹爽夕陽陰看看過墻聒噪此二蛙鼓蟬琴蕭索了蹀板聲簧中心怏怏無明無夜費思量倩託何人遠寄將

玉山頹

精神恍惚這滋味何曾慣覷花鈿粉面流脂透酥胸汗雨揮漿燈花鵲噪到此都成虛謊命薄多磨障意傍

採蓮謠何
處晚渡横
塘

徨停針無緒綉鴛鴦

三學士

愁酒債何時了償經名度飯廢荼荒咸虀懶慱何郎粉寂寞休添買女香心為遠縈懷百丈䰟銷處逐去檣

鮮三醒

錦葵開有紙宴賞記昔日歡笑在畫堂今日裡浮瓜吮李没心想溢溢淚浴蘭湯趁微涼欵步出洞房閒數舊鴒立小廊聲嘹嚦採蓮歡何處晚度横塘

川撥棹

舉目誰親傍對三星禱夜央俏寃家杳隔在瀟湘俏寃

家杳隔在瀟湘甚時得榮舊故鄉辦虔誠叩上蒼哼愁
城未肯降

嘉慶子

瘦損龐兒淺淡粧怕暮鼓晨鐘特地忙早知道今日裡
恓惶早早惶争似當初不務强待往忘不忍忘待往從
路渺茫

僥僥令

蜻蜓飛兩兩燕子語雙雙偏我海誓山盟都成慌翻做
了五更頭夢一場

尾聲

擲金錢卜歸的當只怕歸來鬢已霜能够自生兩翅
飛到伊行

醉扶

相思欲見渾難見果然是別時容易見時難見時又怕起波瀾待教不見情難捹見和不見兩頭擔只索閒枕邊夢裡得方便

步步嬌

急煎煎夢破陽台遠雲雨誰收管屏山烟樹前天上人間物移時模眹不到羅袖藉香肩只消受得疎櫺月透清光淺　換腔

江兒水

陌上輙來過匆匆欲語難隔斷彷彿梨花面行人回首

魂俱斷東西歧路成長嘆似月被雲來遮掩縱有藍
橋渡不得眼前天塹

園林好

嘆一刻千金果然盼一紙萬金難換何事衡陽無雁自
隔斷玉山關再不到大羅天

五供養

夜涼冰簟頹枕無眠意惹情牽舊愁流水逝新恨海潮
添轆轤輾轉奈金井碧梧人遠不愁歡會少只怕別離
難撚指光陰又經時變

僥僥令

玉簫期跨鳳室瑟託啼靜勝事春心渾拋閃抵多少

尋思一惘然

尾聲

月明依舊成歡忭喜重整巫山公案將雨不濃倩對面

傳

新原以草書錄存倩人補鈔但書手惡劣鈔錯鈔落段不得一一補段反成紕繆面目今雖欲重加整理而氣力已不適任之可也草草誌之

一九六六年冬東城書屋

山坡羊

春染郊原如綉草綠江南時候和烟[illegible]滿地

堪醉遊殘花一徑幽烏衣巷口還依舊擁子歸來人在

否添愁桃花逐水流還愁青春有盡頭

前腔

花褪殘紅香瘦院靜綠陰清晝佳人鏡裡半捲羅衣袖

景物幽蹁池送酒籌桃花扇底聞歌奏也勝蘭橈杜若

洲心憂亭亭映碧流還憂瀟瀟不耐秋

前腔

一[illegible][illegible]心迯逗柳葉眉兒頻皺前春病了今春又心暗

羞殺人懶上鈎菱花也笑我笑我因誰瘦只爲你寃家教我出盡醜風流凝粧上翠樓休休黃花蝶也愁

前腔

野寺晨鍾聲送驚起羅幃香夢雲收雨歇打散鸞和鳳綠鬢鬆鬆閒凭畫檻東雙眸强合再欲成前夢倘知我思君君還入夢中風情風情千萬種雲情雲情十二峯

念奴嬌序

王西樓

麗譙落月正野烏城上啼殘萬尾明霜畫角聲中嗚咽處吹徹老梅爭放悽愴太灝宦遊乍臨青闕土牛簫鼓天街上人爭攘紛紛彩仗簇擁勾芒

尾犯序

戍行仕女檢春忙巧剪春旛彩燕雙雙試舞翩翩鬭釵頭鳳凰惆悵偏我慮天涯人遠偏我慮山高水長又慮他浮踪梗跡兀自滯他鄉

錦纏道

迅時光花朝催開衆芳紅紫鬭春粧最多情灞陵岸

上椰經六台式留住別離車輓留不住教我徬徨撓亂九迴腸終宵魂夢空飛到楚陽未了平生願錯教神女惱襄王

傾盃序

凄涼從君去冷綉房寂寞了梅花帳想揮淚陽關分袂情難約在端陽准擬還鄉眼睜睜教我窮冬捱盡又過青陽天便教人霎時相見又何妨

玉芙蓉

風和蝶戀香水暖魚翻浪正園林開到荼蘩海棠乍晴乍雨花容老輕暖輕寒愁味長相思恨這相思恨寧纏

怎當總朱顏消瘦不比舊時龐

小蓬萊

歡娛事皆已往凄凉事總親嘗雲迷楚峽空餘幛彩鸞飛去臺虛厰秦樓更沒簫吹響每日的教我怨悵裴航

尾聲

歸來有日同鴛帳還問他別來無恙只怕他做了天涯浪蕩

步步嬌　劉東生

簟展湘紋新涼透。聽起紅綃皺。無言獨倚樓。一帶寒江幾株疎柳。牽惹別離愁。天迴蒼山瘦。

香羅帶

匆匆憶去秋。送他遠遊。雨情繾綣難分手。頻將綠線繫蘭舟。也淚灑湘江雨。恨悠悠。蘋花點點迷白鷗。誰知一別經年也。教我望斷孤帆落鷺洲。

醉扶歸

搵啼痕濕透紅衫袖。壓雲鬟斜嚲玉搔頭。對西風心逐伯勞飛。望橫塘情亂鴛鴦偶。音書三月隔南州。向清波

枕兒繡軟釵兒溜

誰把雙魚訃

皂羅袍

想起綠窗鬭酒正一鈎新月楊柳梢頭心兒相洽意相投含情笑解黃金扣銅壺幽響銀箭埍浮薰爐香膩鴛衾翠柔枕兒綉軟釵兒溜

好姐姐

恨他心不應口把歡娛翻成僝僽情兒泛泛渾如江水流風兒驟胭脂冷落芙蓉秀十二珠簾懶上鈎

香柳娘

看煙斜霧横看煙斜霧横夕陽時候天空倦鳥歸林藪

笑伊行浪遊笑伊行浪遊擾擾不知休求凰任誰奏聽猿啼遠岫聽猿啼遠岫嶽色江聲漸秋不堪回首

尾聲

西風倚遍欄杆久荻花楓葉冷颼颼玉笛誰吹出塞愁

集賢賓　　古調

芭蕉冷落秋夜幽蕭蕭獨抱寒裯欹枕俄驚窸雨驟一聲聲惹起閒愁珠拋玉溜幾側耳幾淼僝僽空自守這凄楚爲誰擔受

黃鶯兒

風颼綉簾鈎和蕉聲帶雨浮夢回幾陣殘更候似蛩聲更啾似砧聲更稠淅零零苦把凄涼奏思悠悠都將別恨收拾上眉頭

猫兒墜

芭蕉色褪蔭綠減深秋況復輕分彩鳳儔那禁蕭瑟雨

颼颼合堪憂最苦是長夜如年漏滴樵樓

前腔

短檠半滅應怯照人羞空把明珠暗裡投淋漓的翠淚雙流合前

尾聲

淒風吹雨紗窗透魂斷處香消金獸忽聽雞聲報曉籌

石榴花　王西楼

傷春未已那更又傷秋黃葉墜使人愁蘭房寂寞夜悠悠忽聽得鴈過南樓嘆孤幃自守減腰肢瘦損似章臺柳悶懨懨病染相思向人前欲語含羞

前腔

纔離心下却又上眉頭愁和悶幾時休欲傳尺素倩誰修把相思一筆都勾柰無情淚流問蒼天何日成儔偶空冷落孔雀銀屏寂寞殺燕子朱樓

漁家傲

指望和你長相守誰知不久暗想他舊日恩情到如今

出醜怎知道雨下成僝僽鎮日裡香肌消瘦莫是他客底淹留莫是他戀新棄舊莫是他別處尋花柳莫是他貪戀花飛減却愁我爲他腸兒使斷心兒使透我爲他鎮夜忘眠孤燈自守又誰知畫虎畫成狗又誰知只惹得躭憂綢繆盼情人倚樓爲只爲鸞離鳳剖

前腔

不記得鸞交鳳友不記得共韻吟謳不記得剪青絲兩下分收不記得待月黃昏後不記得秉燭夜遊不記得西廂月下與奴携素手不記得載酒送行舟休休把明珠暗投不如意十常八九正是相思孽債何時了金盆

覆水料難收風流想身軀不自由訴離情萬種天知否天若知時天也愁

尾聲

思郎却似風前柳何日裡鳳鸞交媾只落得錦帳無眠兩下愁

步步嬌　　陳秋碧

紫雲臺上人年少丰韻天然妙桃腮映日天香滿梨花淡月疎簾悄鶯兒學語嬌那更燕子啣春小

香羅帶

輕將檀板敲謾歆柳腰羅裙半掩金步搖一聲何處奏雲璈也有個郎君俏解金貂相如巳辨求凰操怎當他弄玉多情也又向秦樓吹玉簫

醉扶歸

曲纖纖謾寫蛾眉巧皎團團清轉月輪高嬌滴滴斜倚一枝春喜孜孜暗送千金笑困騰騰漸把翠鬟低煖溶

遶風深占斷巫
山道

落不覺香肩靠

皂羅袍

想他那時來到猛可的見了魂消粉珠香顆落紅綃含羞怯有燈兒照窗明燭影月在柳稍綉幃錦幌春生翠翹這風流占斷巫山道

好姐姐

相報于飛同效這恩情永結瓊瑤同心錦字裁作合歡袍堪為寶分明一幅鸞凰誥切莫輕輕下剪刀

香柳娘

想柳枝嬝嬝想柳枝嬝嬝翠牽蘭棹被他寸寸愁腸攪

更滄波浩渺、更滄波浩渺、帶雨晚來潮、幽恨添多少、望雲山杳杳、望雲山杳杳、無限倚江皐、盡把離愁遶

玉交枝

自別、全無音耗、幾曾經這般寂寥、月下拜告星前禱、都做了流水滔滔、肩頭兒擔不住離恨挑、淚珠兒塡不滿相思窖、書兒呵難寄難稍、腸兒呵千條萬條

猫兒墜

斷腸時候、正是井梧飄、不覺時光轉素杓、瑣窗深處透金飈、無聊、怎禁那簷兒外疎辣辣數竿瘦竹、聲敲

僥僥令

遠愁含落照深怨咽鳴蜩瘦損孤吟黃花貌鬢短短髮蕭蕭

尾聲

相思滋味都嘗了有一日恩情滿飽獨對東風咏小桃

○八不就　張琦

海棠開燕子初來都只爲一點春心番成做兩下兩下愁懷錦鯉書沉青鸞信杳黃犬音乖長吁氣短吁氣心中自解有緣分無緣分都是命裡合該花被風衰月被雲埋破船兒撑不到藍橋碎磚兒砌不起砌不起陽臺

前腔

菊花開北鴈南來偏不帶一紙音書頓令人心事心事縈懷懊恨喬才在誰家戀俏俏乖乖長相思短相思心中自解辜恩義負恩義你該也不該花兒空栽鏡兒塵埋早知道受這般凄凉悔當初不如不會陽臺

○錦庭樂　　無名氏

枕兒餘被兒单春寒較添夜雨響空堦曉來時殘紅滿簾更那看掩重門對鶯花兒病懨懨這恨深如天塹這病危如燈熖病當心坎愁在眉尖

四塊玉　　李東陽

四時歡千金笑從別後多顛倒俺這裡玉減香消他那裡珠圍翠繞姻緣簿上想是名不到却把鸞釵輕拆了恨茫茫水遠山遙悶沉沉雲深霧杳困騰騰使人夢斷魂勞

鴈過聲

終朝院落靜悄徒然有龍香鳳膏鸞箋象板無心好萬般愁萬般焦這悶懷端的教我難熬空教人易老那堪暮雨簷前鬧比着俺泪珠兒猶兀自少

傾盃序

思惹掩翠屏冷絳綃寂寞向誰行告捱幾個黃昏幾番
明月幾度青燈和我知道把歸期暗數寶釵劃損畫欄
雕巧不由人不罵他做薄倖絮叨叨

玉芙蓉

金爐香篆消寶鏡塵埋了數歸期一夕又還一朝薄衾
小簟殘鐘曉暮雨梨花魂暗消相思病情人債多應是
命所招箕人心不比往來潮

山桃犯

誤約在蓬萊島冷落了巫山廟愁雲怨雨羞花貌精神
不似當初好鴈來鴻去無消耗每日裡教我心癢難熬

尾聲

凄涼運莫再交但願得鴛鴦會早莫待秋霜染鬢毛

四塊玉　陸包山

武陵花春難放壽陽梅粧不上冷落了傅粉何郎再休題畫眉張敞章臺楊栁一任風飄蕩那折栁人兒空妄想寄相思紙短情長夢相思鶯喧蝶嚷訴相思拜月燒香

鴈過聲

淒涼銀燈翠幌雲雨隔巫山楚襄朱明一紙亂書識今端午過又重陽總金錢教我難卜行藏多情心太奕那堪時序臨霜降只恐愁與秋潮連夜長

傾盃序

燒燭堦前照海棠

閒想歡娛事誰主張何處告相思狀恨鸞鳳釵媒鴛鴦
帶累翡翠衾窩鵙鷄調謊又不覺惱中留意怨中乘淚
恨裡思量這寃家繫人心下刺人腸

芙蓉犯

愁邊信渺茫夢裡人來往怎能勾做一個不醒黃粱和
他睡足芙蓉帳把隻鳳孤鸞化蝴蝶雙參商春風洞房
何日得明珠在掌

山桃犯

撇不下眞磨障憔悴了嬌模樣朱絃玉管無心响花箋
嬾宴和誰賞登樓倚戶空凝望寸心兒惟有萬種悲傷

尾聲

一天愁緒眉尖上何處能消半晌且燒燭堦前照海棠

黃鶯兒　　古調

孤鏡畫愁眉未凝眸淚已垂悔當初拆散鸞凰配如今未歸芳心休誰總詩題紅葉空自隨流水隔天涯願君如旅鴈萬里向南飛

香羅帶

相思倚綉幃離愁怎持金樽未傾心已醉冰絃欲理指難移也此際無窮意有天知天應念妾妾念伊惟有薄倖無情不念當初炊扊扅

醉扶歸

對銀燈終夜長吁氣整鴛衾空憶合懽特恠蛩聲偏惱

獨醒人恨嬋娟不照孤眠處怎能勾重合鳳臺簫多應是躭悮巫山雨

好姐姐

追思那日別離兩下裡指天設誓銘心刻腑教他休負虧成何濟君心一似風中絮飄蕩春江猶未歸

玉山頹

殘秋天氣憶蕭關尚未授衣自臨機欲織迴文未穿梭寸心先碎柔絲萬縷千里車輪難繫路遠書空寄卜歸期教人終日倚門閭

香柳娘

看芙蓉滿地看芙蓉滿地兀自笑人憔悴對花無語含羞愧跨金蓮懶移跨金蓮懶移獨立望長空銀河隔牛女嘆朱顏漸頹嘆朱顏漸頹半向夢中消半向愁中去

尾聲

天涯草色心千里盼望王孫何日歸此恨綿綿無盡期

騷集 卷

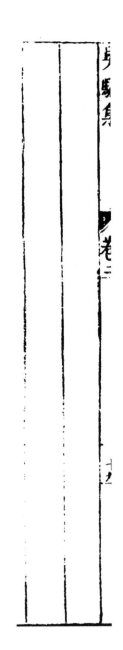

十段錦

張靈虛

繡帶兒　燈兒下低頭自忖消磨了幾箇黃昏夢回時殘月孤蓬花落後細雨重門　宜春令　思省是前生做下今生怕今生又欠來生愁悶怎討得一宵恩愛賺了半生緣分　降黃龍　難論無底深恩月下花前自成心允斷期密訂受盡了從前多少寒溫　醉太平　心田錯將紅荳種愁根惡根苗苦縈方寸思量不盡這千般旖旎半天丰韻　浣溪沙　性兒醇情兒順最相應暗裡溫存可憐寃債告無門河陽天遠難投奔奈何日方酬斷續恩絮叨叨說與他們　啄木兒　相逢非是言無准匆匆自恨情難盡

又早雨打梨花深閉門鮑老催此情未伸花屏雨餘都減春韶光九十減半分人不見謾嘆息空勞頓夢遶巫山一片雲上小樓只落得些些夢中秦晉早人間商與參桃源有路欲埋輸羨殺世人薄倖到省得瘦減精神雙聲子水中魚淚中鴈怎討得愁中信鶯啼序心中事描寫在紙上又相將化作啼痕其間怎言自甘心寂寞臥病又鴛

尾聲

緣慳咫尺如天塹相思一曲學啼猿只恐路上人聞也淚漣

步步嬌　　王百穀

暗想當年羅帕上把新詩寫偷綰同心結心猿意馬劣都將軟玉嬌香嫩枝柔葉琴瑟正和叶不覺花影轉過梧桐月

沉醉春風

一團嬌香肌瘦怯半含羞粉容輕貼微笑對人悄說休忘今夜裡等閒閒將海棠花開徹把山盟共設不許你片時拋撇若有箇負心的教他隨燈兒便滅

忒忒令

他慇懃將春心漏泄我風流寸腸中熱因此上楚雲深

鎖黃金闕休把佳期頓撇湘江竭燕山絕目斷魚封雁帖

好姐姐

自別逢時遇節冷淡了風花雪月奈愁腸萬結怎禁窗外鐵無休歇一似環珮搖明月又被西風將我錦帳揭

嘉慶子

渭城人肌膚瘦怯楚天秋難禁病疊勒定了畫眉郎京尹補填了河陽令漏缺

挑紅菊

嘆嗟歡娛事能幾些痛切切相思病無了絕朋友每知疼

熱負心的教他早回寧貼待撇想着他至誠心怎生樣撇待捻想着他嬌模樣教我怎生樣捻

園林好

也傷殘連枝帶葉勾引動狂蜂浪蝶鬧炒起歌臺舞榭回首處暮雲遮堪嘆處路途賒

川撥棹

戕吳越怎禁他巧言相鬬登平白地送暖偷寒平白地送暖偷寒猛可的撇唇弄舌水晶丸不住撇蘸剛鍬一味掘

錦衣香

他將楚館焚、秦樓拽、洛浦塡、京河絕、梅家庄水灌湯瓶
打、爲磁屑、賈克宅守、定糾。墻缺、武陵溪澗花見釘了椿
楄楚、襄王夢驚、蝴蝶、漢相、如趕、翻車轍、深鎖芙蓉闕、紫
簫聲、裂碧、桃花下鳳、凰把翎、毛生扯。

潦水令

啊玎璫把菱、花碎跌、跎、榜、琤冰、絃斷絕、意孜孜將同心
帶扯。撲蓑、蓑、寶、簪墜折、採、蓮人偏、把並。頭、折比目魚就
池中將、水車竭、連。枝樹、生。砍折、打撈起、御水流。紅葉、藍
橋下藍、橋下滾、滾、波、濤捲雪、祆神廟、祆神廟、焇騰騰
火走金蛇、

尾聲

饒君總把機謀設怎禁那負心薄劣一向夢兒中對他分說

畫眉序　　祝枝山

一見杜韋娘惱亂蘇州刺史腸似奇花解語軟玉生香彩雲輕舞袖翩躚金縷細歌喉清亮料應夙世曾爲伴今生裡再得成雙

黃鶯兒

偏愛素羅裳煞娉婷忒恁狂丹青怎畫得嬌模樣行思坐想恩情怎當俏冤家牽掛在心兒上細思量一時不見如隔九秋霜

集賢賓

一味至誠非勉強他有鐵石心腸君子情懷耐久長我

何曾着意關防憑君主張自不許蜂喧蝶嚷秋江上芙蓉花到老含芳

猫兒墜

合歡未久無奈往他方渭北江東道路長暮雲春樹兩茫茫何妨一種相思分做兩處悲傷

尾聲

歸來依舊同歡賞月下花前再舉觴只怕歲月無情兩鬢霜

好事近　沈青門

兜的上心來教人難想難猜同心羅帶平白地兩下分開傷懷舊日香囊猶在詩中意書寫得來明白歸期一年半載算程途咫尺音信全乖

錦纏道

托香腮懶梳妝慵歸鏡臺無語自裁劃正芳年又不道色減容衰怎知他把前言盡改咱須是暫時寧耐歲月好難捱孤辰寡宿時該命又該不索長吁氣負心人天自有安排

普天樂

畫闌前湖山外見月也深深拜月圓時人未團圓望蒼穹鑒察憐哀郎心最歹把些個溫香軟玉做了糞土塵埃

古輪臺

恨多才萍蹤浪跡寄天涯繡幃錦帳春風夜月有許多恩愛豈料如今番成做破鏡分釵剩兩殘雲等閒消盡是誰別豔楚陽臺有傾城嬌態把誓海盟山做氷消瓦解忘飡廢寢魂勞夢斷肌骨瘦如柴懨懨害花月總沉埋

尾聲

黄昏更是無聊賴斜倚定薰籠半側羞見燈花一穗開

宜春令　梁少白

貂裘染洛下塵、嘆浮名棲遲此身、秣陵秋盡、雲衢有路鴻無引、奈江頭一夜西風、都吹上半生愁鬢、堪憐韶光荏苒、百年一瞬、

太師引

笑前程、畢竟全無准、羨鵬摶何年化鯤、怎消得重門清晝、况値着孤館黃昏、平生意氣休。相哂、聊寄跡錦營花陣、平康路車蹄馬輪、從今後向陽臺覓暮雨朝雲、

瑣寒窗

遍青樓、尋訪殷勤、邂逅當年第一人、見丰儀俊朗、性格

溫純趨承濟楚衣衫淹潤淡梳粧不施脂粉可憎青團半掩啓朱唇頓然一座生春

三段子

問伊近庚是楊家初年長成問伊小名是楊家當年太眞疑是霓裳隊中金蓮襯沉香亭畔春酲醒寂寞欄杆梨花風韻

東歐令

烟霞相不同羣好惡將領越與秦誰知窈窕還相訊議論多奇俊歎悠悠世路戀浮萍青眼更何人

三換頭

衷腸未明欲言難盡姻緣到也喜㘖的便親書生何幸這其間只索把飄蓬此身來儘一霎成秦晉春生白練裙意外良緣怎負得一夜夫妻百夜恩

劉潑帽

繡床根底將鞋兒褪却匆忙未掩樓門深深叩謝周公瑾莫浪聞這恩德應難盡

大聖樂

問娘行這段姻親却緣何心便肯多應宿世緣和分因此上一時渾分明是雙雙夾蝶迷花徑兩兩鴛鴦護水紋情眞意懇非干是偷寒送暖棄舊憐新

春生白綠袍

解三醒

休忘了焚香寶鼎休忘了待月疎欞休忘了生辰八字親相訊休忘了對剪烏雲休忘了重門晝索潛投奔休忘了旅館宵昏挹淚痕伊休溷須不是他家行逕似段疑眞

節節高

恩情難具陳未經旬別離兩字當心撑歸何迅盃易傾情難盡春明門外程途亘疎林處處斜陽映只恐分離在須臾片時人遠天涯近

三學士

都城南去霜風緊黯然欲別銷魂君如想妾還愁妾妾
若忘君是負君歲月瀟條難過遣書和信莫厭煩

大迓鼓

離亭酒一樽青衫濕處盡是啼痕蕭蕭疋馬投荒徑嘹
嘹征鴈叟孤村雜沓長途淒涼暮雲

撲燈蛾

時開一紙書每玩雙鉗印追想那多嬌不覺眉鎖目亂
也看腰圍瘦沈顧年年芳草媚王孫鏡臺前逗邀京尹
眉重暈紗窓着意再溫存

尾聲

春風又入淮南郡看徧行一騎到金陵肯負青樓薄倖名

梁州序　　王雅宜

篔窗星散苧幃風度幽楚無端攪寤疑眞似假教人懊恨當初渾似蝶香銷粉殊綢繆絲鏡破鸞孤舞幾番消渴也寸腸枯誰道如今腸也無合沒定奪亂存坐風花撩亂章臺路韶華去怎回顧

前腔

梧飄金井蛩吟玉露身似悲秋宋玉有情難賦無端短嘆長吁怎能勾傾城傾國行雨行雲把多病多愁可瑶琴空駐怨分應孤不是知音世上無合前

前腔

聽征鴻天外相呼似失侶不勝凄楚更那堪嘹嚦數聲哀訴好似綠珠墮恨碧玉沉愁聲斷衡陽浦天長音信短柰君何知道音兒淡也無合前

前腔

對簾櫳涼月紛敷恍一似嫦娥低度元來是助人愁半痕玉兎想像西廂詩侶南浦情人消瘦梨花朶輳成離恨譜淡了會親符果是人間好事無合前

節節高

新粧艷綺羅鬧明河處無縹緲輕雲護天香墮瓊翠蛾調鸚鵡高唐雲雨何朝暮巫山何處陽臺路爭怕春光

不相留朱顔未肯常如故

前腔

風煙斷緑無夢南柯朦朧誰注姻緣簿芳年悞悞轉多

佳期負靈心一點先瞧破天涯草色王孫路合前

尾聲

幽期密約都虛度江州司馬淚痕多及至相逢半句無

甘州歌　古調

相思無底這幾日。教奴獨守香閨。從他別後。杳無半紙音書。料應他戀新忘舊好。撇得我一日三餐如醉癡。嘆息，何日裡得展愁眉。

前腔

離情訴與誰。枉教奴暗數歸期。音書修起有誰來稍寄。關山阻隔人又遠。我這裡瘦減香肌。他怎知。幾回提不過。玉漏遲遲。

賺

多情默默自傷悲。忽聽南來一鴈兒。嘹嚦嚦聲聲哽咽

過樓西意兒癡慌忙推枕披衣起只見孤鴻不見伊蹤
停翅奴行有紙音書寄敢煩傳去浼伊稍遍

解三醒

此封書說箇詳細從別後杳無書寄見他與奴多傳語
問他道幾時歸當初共約芙蓉帳裡到如今鶯老花殘
猶未歸心兒脉不記得去時節罰下盟誓

前腔

此封書再說箇詳細切莫要路途差遲那人住在天涯
際門前有粉墻低青山傍着一帶溪坊誰在流水橋邊
畧畧轉西相煩你把千言萬語說向他知

尾聲

與鴈兒傳書寄人生最苦是別離醒郤原來是夢裡

步步嬌　　梅禹金

天涯何處迷歸棹、辜負人年少、空閨月滿宵、獨倚雕闌

見月向梨花照、驀地暗含羞、羞殺我消減梨花貌、

醉扶歸

病懨懨消減梨花貌、悶沉沉慵將脂粉調、冷淒淒綉砌

落殘綃、虛飄飄幾陣風、閑掃冰姿錯認是梅標、纖塵半

點飛不到、

皂羅袍

深院纖塵不到、正溶溶淡魄、轉過花稍、玎瓏浸白水、淞

消霜英怯、素湘簾悄、鉛華淺抹蛾眉淡描粧殘虢黛圍

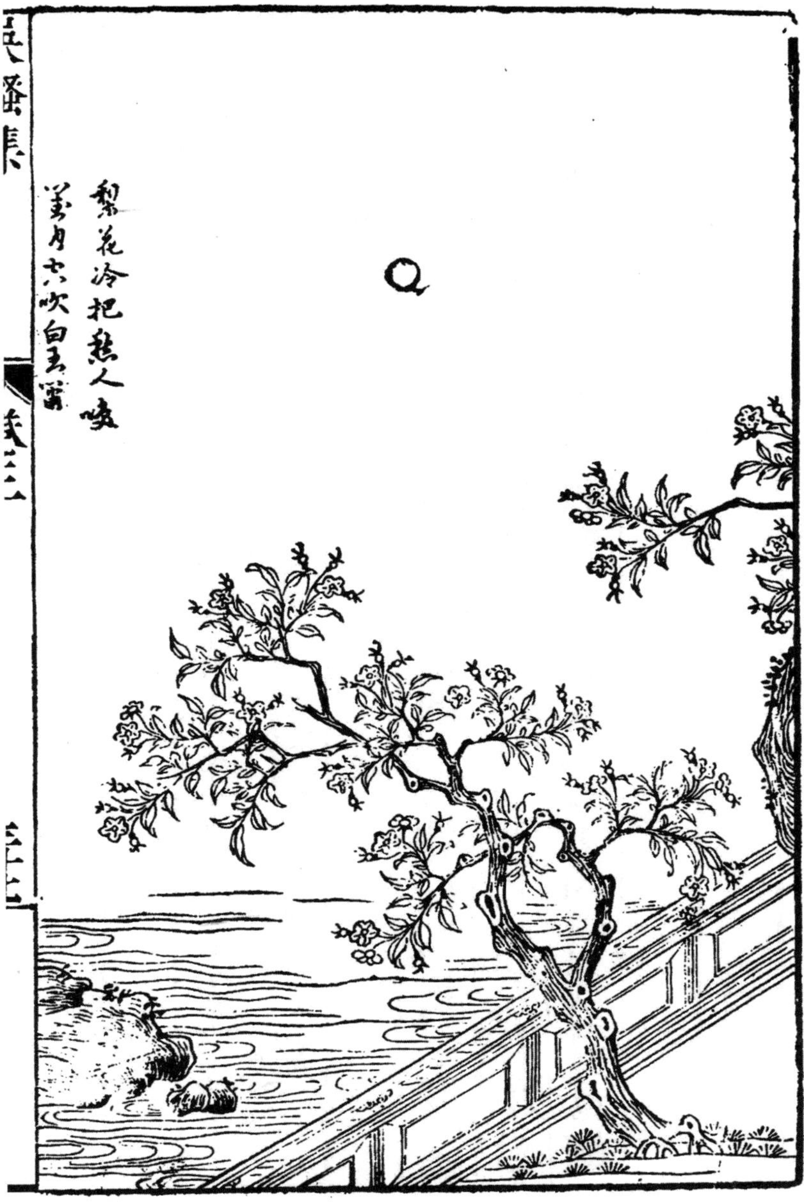
梨花冷把愁人唤
簫月六吹白玉簫

鬆楚腰、這瘦龐兒不似前春俏、

好姐姐

前春、鴛鴦頸交、到如今鱗鴻漸杳、平原飛絮、怎當他一

望遥縈愁抱、梨花冷、把愁人、咲對月空、吹白玉簫、

香柳娘

弄秦樓玉簫、弄秦樓玉簫、越添懊惱、聲聲吹出孤鸞調、

把簫郎恨着、把簫郎恨着、露冷碧天高、花幽殘月小、揾

香羅漏寂、揾香羅漏寂、强自和衣睡了、悶得我夢魂顛

倒、

尾聲

朦朧一夢驚還覺淚跡萍蹤難料只恐怕雨打梨花倍
寂寥

鬭寶蟾　　二酉山人

兩字鴛鴦惹心頭夢裡多少牽纏恠分飛偏憎月下燈前堪憐月圓人不見燈寒悶較添悞芳年人隔三秋又早悶縈雙眼

忒忒令

比人間紅樓畫欄似天上銀河月殿分明咫尺緣分慳如隔太行天塹秋水盈春山斷怨情丟意悶

五供養

山高水遠恨知音曲中斷絃琴心空有調詩句更無緣我想桃花人面隔朱門如今幾年別來虛歲月何處指

盟言怎得人心久長不變

好姐姐

魚鴈水流風斷書和信雲遮霧掩花飛月冷青春誰可憐愁和怨愁深隱隱當心坎怨結悠悠在眼前

風陶沙

古道夕陽白草烟見疎林掛新蟾猛可的撩人增長嘆病根苗心上攪鸞衾雙剖鴛幃兩單怕黃昏守寒窗孤燈一盞幾番恨他心不淺待丟開又沾染

川撥棹

無由見陽臺上巫峽邊似如今鬼病懨懨似如今鬼病

懨懨到不如當初分慳偷香手何處探傳粉心從今懶

尾聲

風流說慣還不慣畢竟是爲他羣賺怎能彀春生庭院

把孔雀屏遮離恨天

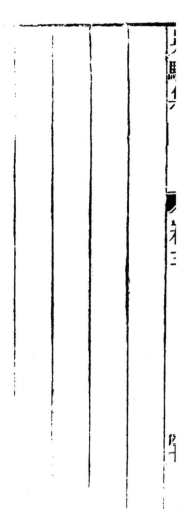

石榴花

折梅逢使頻寄到金陵若得見那[illegible]言語[illegible]

眞一一的說與他聽自別來到今[illegible]遣不[illegible]心頭

悶似楊花覆去番來如芳草剗盡還生

前腔

凭高眺遠望不見石頭城重山障亂雲凝茫茫都是別離情只樂得淚眼盈盈恨不能生羽翎到粧臺訴與恁千般恨有誰人知我幾微惟明月照人方寸

漁家傲

教人幾把欄杆凭也只爲恁怎知我日夜相思更忘餐

廢寢誰知近日多愁悶漸覺帶圍寬褪說與他我爲多
成病說與他莫要忘情說與他决不學王魁倖說與他
莫學蘇卿說與他酒泛金尊我也無心去飲說與他絃
斷瑤琴我也無心去整說與他茶飯上都難進說與他
怕聽鷄鳴鐘聲送黃昏報五更那時節我的愁悶轉增

前腔

想殺您初相見志誠想殺您笑來迎想殺您花月下好
句聯吟想殺您叫着小名低低應想殺您對蒼天共盟
想殺您體素麗皃俊想殺您臨岐執手細叮嚀衷腸事
畧畧訴您知巳話難說與君聽正是匆匆萬般說不盡

煩君去傳與我多情他若聞必然淚零只怕淚痕有盡

情難盡只落得兩處一般愁悶縈

尾聲

梅花香裡傳春信報道江南一種情莫學凍蕊寒葩心

上冷

梁州序　陳秋碧

西園暮景南軒初夏長日端居多暇樓頭楊柳陰陰漸可藏鴉無柰鬭心杜宇惹恨鵓鴣占定茶蘼架芭蕉分綠也上窗紗閒看兒童捉柳花合珠箔捲金鈎掛恠無端一夜東風大花亂落謾嗟呀

前腔

瑶臺寂靜畫欄幽雅一樹薔薇低壓鴛鴦兩兩飛來煖傍晴沙為甚金鍼閒却綵線丟開刺繡都停罷舊巢新燕子語窗紗又見蛺蝶雙雙入菜花合前

前腔

閒看兒童
捉柳花

黛痕橫臉玉生霞簟烟微麝香消鴨對銀箏無緒鴈行

空鴛幾度閒尋舊譜試學新聲欲演還拋下絲絲撫字

雨潤窓紗無柰少女風前爛熳花 合前

前腔

對香奩朱粉慵搽臨寶鏡青螺羞畫病懨懨多半爲他

瀟灑堪笑鸚鵡解語鸜鴒能言把薄倖提名罵閒遲紅

蕖滿映窓紗爲甚送盡春風始見花 合前

節節高

蓮舟戲女娃露裙釵蘭橈水濺凌波襪貪歡耍兩鬢乂

雙鬟亞青青荷葉無多大折來莫把綵繩牽掛 合 羣羽飛

來綠葉叢玉盤欹側瓊珠瀉

前腔

乘陰傍水涯扇空遮玉纖謾解鮫綃帕音書假辜負咱

多嬌姹歸期掐數垂楊下如今不信傳來話合前

尾聲

芳時一任東風嫁判良辰歡情未洽難道經秋又到家

好事近　古調

風月兩無功枉把心機牢籠巫山雲雨一旦杳然無踪隨風柰向譙樓更鼓又打三鼕寂寞恨更長漏永便做了歡娛夜短都共誰同

錦纏道

路難通料隔着雲山萬重空壓破兩眉峰暗銷魂沒情沒緒對着孤燈有愁來全仗酒哄醒來時依舊還同暮鼓又晨鐘韶光荏苒歸期尚未逢怕染潘郎鬢被他依舊笑春風

錦庭樂

欹芳容愁越重罷却了撇鸞鳳雕簷畔雕簷畔鐵馬叮咚咚紗窗外絮聒寒蛩砧聲又攻更那堪鴈聲嘹嚦長空

古輪臺

恨無窮西風蕭瑟助秋容別來許久無音信寒衣誰送寄與君家料想是覓却芳容誤我佳期好天良夜欲將心事問孤鴻想當時曾共羣被生寒馥香溫軟到如今蓬鬆兩鬢釵橫鬢亂修眉懶畫別後苦匆匆思前事教人心下氣冲冲

尾聲

瀟瀟敗葉敲窗紙悶對殘燈午夜風展轉無眠聽曉鍾

王百穀評　余舅陸公承憲風流蘊藉嘗於余前極稱此曲謂其詞淺情深而語不入俚余因而三復之愀媚婉切真不減張長吉之吻讀其歡娛夜短却共誰同一語尤有態度惜其不知誰手所作耳

畫眉序　　王渼陂

無意理雲鬟半帳凄其夜不眠悶傷春憔悴懶拈針線

喚丫鬟休捲珠簾怕羞覩雙飛紫燕悶懷先自心撩亂

怎禁他萬般消遣

黃鶯兒

羞對曉粧奩俊龐兒不似前可憐寬褪黃金釧香肌瘦

減歌慵咲懶這幾般都只爲虧心漢枉埋冤當初是我

不合和你配青鸞

四時花

愁殺悶人天見樓兒上窓兒外皓月斜穿更闌芙蓉帳

裏春夢寒鴛鴦枕兒閑半邊覺來時愁萬千粉容憔悴懶貼翠鈿香肌瘦損羅帶寬咫尺在目前悄沒箇稍菁人便奈天遠地遠山遠水遠人遠

皂羅袍犯排歌

漸覺神魂勞倦喚玉梅款款攙定香肩甫能魂夢到君前被風吹簷馬滴溜溜轉驚回好夢悶懷轉添翻來覆去和衣强眠千愁萬恨教我枉埋冤雕簷畔鵲噪喧幾番虛把信音傳危樓上凭畫欄幾回錯認去時船

解三酲

去時節早梅初綻定約到燕子來時人自還到如今鶯

老花殘後怎不見去的人面他在秦樓上戀着一箇別少年却不道有箇人兒眼望穿頻作念許多時可惜辜負花前

浣溪沙

楊栁眉秋波眼端的是爲伊愁煩年年三月病懨懨真箇是惱殺人也天要解愁腸須是酒酒醒後悶懷重添瀟瀟風雨送春寒滿院梨花啼杜鵑

奈子花

從伊別後有誰憐將心事仗托誰傳朝雲暮雨和誰留戀合歡帶共誰同綰作念心似酒旗懸懸

渠田錯認去時船

集賢賓

瑶琴鎮日續斷絃待撫操末鸞又被風吹別調間端的是爲誰愁煩緣慳分淺恐下得王魁手段伊行短全沒箇意回心轉

猫兒墜

薄情一去端的有誰憐你做琴兒學統絃這頭方了那頭圓迷戀知甚日歸來舊家庭院

啄木兒犯

把香囊綉書寄遠爲你停針三四番綉窓下豈無人見燈兒下把綉針偷拈未曾提起先淚漣把淚痕兒封去

教他看這斑斑都是情人做出相思淚兒哏

玉交枝

恁下得將人輕賤歹心腸鐵石樣堅空教奴數得歸期晚寶釵劃損雕闌飛不過翠巍巍離恨關挑不起重沉沉相思擔要見他千難萬難要會他除非是夢間

憶多嬌

天黯黯月慘慘房兒中冷落衾枕又單我這裏恨着更長他偏嫌春宵漏短拜告蒼天拜告蒼天甚時人月再圓

月上海棠

奴命蹇甚時脫得淒涼限記當初執手和伊唱徹陽關兩三番在耳畔叮嚀怎不把音書回轉同發愿負心的瞞不過湛湛青天

十二時

歸来必定重相見相見後依然懽忭辦炷名香荅謝天

步步嬌　文衡山

簾控金鉤深閨悄風動爐烟裊凄涼恨怎消望斷衡陽底事鱗鴻杳獨坐悶無聊把金釵劃損雕欄巧

香羅帶

幽窗倍寂寥氷絃懶調春纖未舉先倦倒斷絃須月續鸞膠也總有相思調對誰拋思君幾番成鬱陶便是晴擲金錢也有甚心情辨六爻

醉扶歸

悶懨懨羞把菱花照睡昏昏懶整翠雲翹覺離愁應比舊時多看花容不似前春好可憐辜負好良宵多應是

別惹閒花草

皂羅袍

可惱薄人懷抱呵玎璫鐵馬鬬風聲敲瀟瀟疎雨灑芭蕉啾啾四壁寒蛩鬧尋章摘句臨風懶嘲蛾眉消黛金針懶挑虧心自有天知道

好姐姐

看他量如斗筲沒來由敎人談笑翻雲覆雨都是奴命招無消耗滔滔水淹藍橋倒烈火騰騰將祆廟燒

香柳娘

見紅輪墜西見紅輪墜西晚鍾聲報孤燈慘淡和愁照

聽譙樓畫角聽譙樓畫角嗚咽怨聲高令人越焦燥剪

秋風敗葉剪秋風敗葉把紗窓亂敲攪得我夢魂顛倒

尾聲

薄情做事多奸狡撇得人來沒下稍短嘆長吁捱到曉

○月雲高　　王百穀

別情無限新愁怎消遣沒柰何分恩愛忍教人輕拆散一寸柔腸兩下裡相縈絆去則終須去見也還須見只怕燈下佳期難上難枕上相思山外山

前腔

吞聲寧耐欲說誰偢採惹得傍人笑招着他們惟懽喜冤家分定慳纏害去不去心頭恨了不了生前債教我心上黃連苦自捱却似鎖上門兒推不開

○錦纏道　　梅禹金

思昔日在粧樓紅塵偶逢驚懼事匆匆待年來蒙君顧

盼情濃好一似雙棲鳥比目魚並蒂芙蓉斷不如漢長
門掩泣秋風心意照晴空幾迴間怕路迷魂夢薰爐共
綉籠又提起鸞簫歡笑但今生此後莫飄蓬

步步嬌　　梁少白

小曲幽坊重門啓簾幙濃雲裡燈前乍見時旋束腰圍
高髻雲鬟淡掃遠山眉雙眸漾漾如秋水

孝順歌

芙蓉面氷雪肌生身蔣山年未笄纔纔十三餘梅花半
含蕋似開還閉初見簾邊羞澁還留住再過樓頭款接
多歡喜行也宜立也宜坐又宜偎傍更相宜

香柳娘

笑書生路迷笑書生路迷驀投花底霎時便拜兒和妹
比蘭玉未竒比蘭玉未竒郤憶謝玄暉餘霞散成綺擬

卿卿此辭擬卿卿此辭做小名贈伊切須牢記

園林好

歌喉振浮雲敢馳箏絃動流鶯敢啼看繚繞畫梁塵起紅襯底鴈行低纖指下鳳凰飛

江兒水

窗掩樓兒上繡帳垂似桃花混暖鴛鴦對偷香蛺蝶花房綴迎風楊柳雕欄倚不是多情牽繫愛他俊俏身兒更性格偏投人意

僥僥令

不勞三月鴈怕聽五更雞雨下情濃無盡夜夜夢巫

山雲雨歸

尾聲

鰍生何幸同歡會喜一對才名雙美留取他年作話提

畫眉序犯　　失名

扶病倚南樓。一幅鮫綃自裹頭。俯風吹鬢冷。且扃北牖。握齊紈粉汗香流。展湘簟冰肌涼透。嬌鶯乳燕尋儔覓友。狂蜂浪蝶度花穿柳。恠他偏把芳心逗。

皂羅袍犯

恠把芳心逗逗。頓教人想起舊日根由。秋波含淚暗珠流。春山翠瓚眉雙皺。思悠悠。冷颼颼。一陣黃梅雨漸稠。

一封書犯

黃梅雨漸稠。況被君家知道否。捱不去那愁眼前。無心上有點點疎螢穿竹徑。淺淺清溪水暗流。控金鈎紗厨

放下欹枕數更籌

黄鶯兒犯

欹枕數更籌對孤燈厮伴守情人要見不能勾萍浮遠遊魚書未收鴛鴦夢散驚蓮漏心病久〻向藥湯苦口

集賢賓犯

藥湯味苦難下口〻那人已在楊州誰料今番奴出醜拈班管錦字親修婣緣未偶罵狠毒忒無前後休忘舊但願得早早歸來莫過重九

醉翁子犯

難守〻這離情何曾慣受負沉李浮瓜共誰酌酒知否撒

得人無聊獨坐羞看葵與榴僝僽甚日得相逢織女牽牛

猫兒墜

人間天上佳會在初秋有分終須成配偶雙環何日大刀頭無由他那裡重諧楚館秦樓

尾聲

囮他飄蕩人消瘦靜裡思量自覺羞肯把恩情一旦休

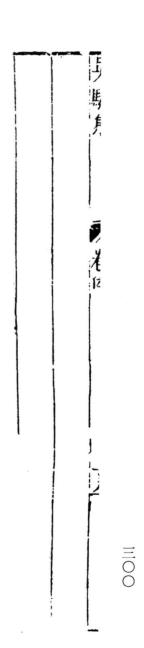

步步嬌　　王雅宜

一夜梧桐金風剪、敗葉空庭戰、離愁有萬千、夢入蘭心幽香不變、目斷碧雲天、把西樓東角閒凭遍

忒忒令

記初見在春風綉筵、又驀遇在夜香庭院、花枝嫋娜似趁風兒顫、人叢裡信難傳、又誰知背畫欄把秋波暗轉

尹令

自別去心留意、眷再沒處尋芳覓、便誰道渡頭重面還似舊時迷戀、路整藍橋、肯負前生未了緣

品令

娘行爲何再入武陵源池亭深處恰是降飛仙幽期密訂去留多腼腆太湖石畔只恐怕他人瞧見帶綰同心共結東林衹樹邊

荳葉黄

夜深沉漏滴銀鎖兒空聯挽青鸞翅入重樓挽青鸞翅入重樓親愛用香溫玉軟一時繾綣釵橫鬢偏真箇是水雲中的鸂鶒真箇是水雲中的鸂鶒看遺却花鈿零落在銀屏錦韉

玉交枝

舞裙歌扇載卿卿西江畫船紅衣濕處清波濺並頭開

徹雙蓮絲絲柳條風渚葦瀟瀟竹影溪雲淺擁鴛衾落月未眠酒初醒猶聞嬌喘

月上海棠

最可憐歡娛未了生離怨恨片帆東去甚日重還霎時間翠減香消頃刻裏山長水遠重發願願年年相見勝似今年

江兒水

江水明於練秋雲薄似綿奈扁舟飄忽如飛箭看床頭翠被餘香捲囊中綉髮和愁纏怕覩粧前歸燕何日重來還向舊家庭院

带绾同心共结
东林祇树边

川撥棹

詩題絹淚斑斑成翠蘚夜迢迢展轉無眠夜迢迢展轉無眠洞房虛孤燈慘然似枯枝泣露蟬似風花哭杜鵑

嘉慶子

腸斷箜篌第五絃奈萬事傷心在眼前總風波倏起平川總風波倏起平川我中心鐵石堅願頻頻音信傳莫教人眼望穿

尾聲

繞舟有日還重見那時節錦堂懽宴銀燭高燒繡帳懸

醉羅歌　古調

恨殺恨殺無情客跌綻跌綻鳳頭鞋幾番追悔卧家獃着甚將他愛燈前月下偎肩竝腮羅幃錦帳鸞和鳳諧把恩情一旦沉東海山盟誓兩盡埋虧心的鑒察有靈臺

前腔

鎮日鎮日愁無奈不放不放攀眉開記得河橋分袂來一別經多載想應別惹閒花野草腰肢瘦損晨昏怎捱薄情不記得盟言在新人態似舊懷可知舊人曾也向新來

前腔

想起想起春風態無日無日放心懷雁杳魚沉信不來愁蹙雙眉黛是我緣慳分淺非你情薄意乖阻隔天南地北空自朝思暮猜爲前生做下今生債愁塡臆淚滿腮幾時得懽容笑口到粧臺

前腔

素粧素粧花不戴禁步禁步戶慵開因甚多心胡亂猜枉把奴嗔怪非是相交一日和你綢繆數載肯把芳心別付難免靈神鑒災如何輕拆雙鴛帶眞和假誰盡解請君一一想將來

絳都春　王漢陂

情濃乍別爲多才寸心千里縈結吐膽傾心將海誓山盟曾共設風流惹下相思孽又擔上風花雪月滿懷心情這離恩教我對誰分說

出隊子

花開花謝花開花謝又早春光陰漏洩紅新綠嫩似錦屏列觸處繁華都綻徹嬌嫡嫡海棠花無心去折

滴滴金

陽關數曲宮商別鳳簫聲斷楚臺程渺霧鎖黃金闕夢遶秦樓月跐楞箏絃斷撲簌的餅墜响叮噹寶簪擊折

咕吓噹把菱花鏡碎跌

閙樊樓

尋芳緩步聞題鴂柳畔黃鸝聲美舌花飛碎玉風交野樹東君歸去也傷情憭切悶無言倦將簾半揭此情哽咽滾滾楊花似雪

畫眉序

清和傍佳節爇館涼生枕簟設柰無情來往戀香蛺蝶逐荷風點水蜻蜓池沼內輕浮新葉可惜虛度納涼夜鮫綃上淚痕啼血

啄木兒犯

新蟬噪聲哽咽淩氷盤藕絲堆雪羅帕上題詩將心事
寫使南薰傳信也不思量舊日氷冊貼不念看[illegible]同歡
悅不記得同心雙結竟不想爲薄情種瘦㤥

三段子犯

井梧墜葉到衡陽情與別金英萬叠遶東籬半味絶天
香散麝傷秋宋玉悲何切沙征鴻在天外行列煩寄却
魚書青鴈帖

鬬雙鷄

紗窓外紗窓外桂魄皎潔銀臺上銀臺上燒燈半滅寶
鼎餘香猶爇西風翠被寒蛩韻切暗數着譙樓上更漏

未徹

登小樓

嘆嗟花殘月缺捱連宵風雨節姻緣分定受磨折幾度思量欲見爭奈路遠途賒

鮑老催

寒侵繡幄嚴威冽舞鵝毛飄粉蝶迷仙探梅鬧遊㕣馿香來難尋折烹茶謾啜相思擔見何時歇漸減桃花頰

耍鮑老

懨懨瘦怯愁和悶幾時撇寬褪羅裙損粉黛鬅鬆雲鬢亂金鳳拆展轉形憔劣只恐鬢堆雪

尾聲

窗前暗把音書扯罵薄倖天巧成□□今後再不□□鬧情來引惹

十二紅　陳大升

山坡羊　伴孤燈三更情況〻捱剩枕〻幾番遺放想當初此時共他〻樓香肩睡足芙蓉帳　五更轉　到如今〻獨自宿空〻惆悵燈兒半滅半滅銀釭上你看殘月低沉又早鐘鳴鷄唱　園林好　聽啼鴉林梢曉霜〻日弄影花篩紙窗〻怕對鏡重添惆悵　江兒水　羞殺胭脂〻粧不就挑花模樣　玉交枝　眠思〻夢想〻對朝飱無心去嘗好花曉怯枝〻頭放戴不上昨夜殘粧　五供養　嘆我幾離〻鴛帳〻又早見雙〻飛燕來燕往起來無半日〻淚滴幾千行怕務那傷心兩〻兩〻鴛鴦　好姐姐　午晌〻倚樓凝望〻人隔着山遥水長穿梭日〻影又

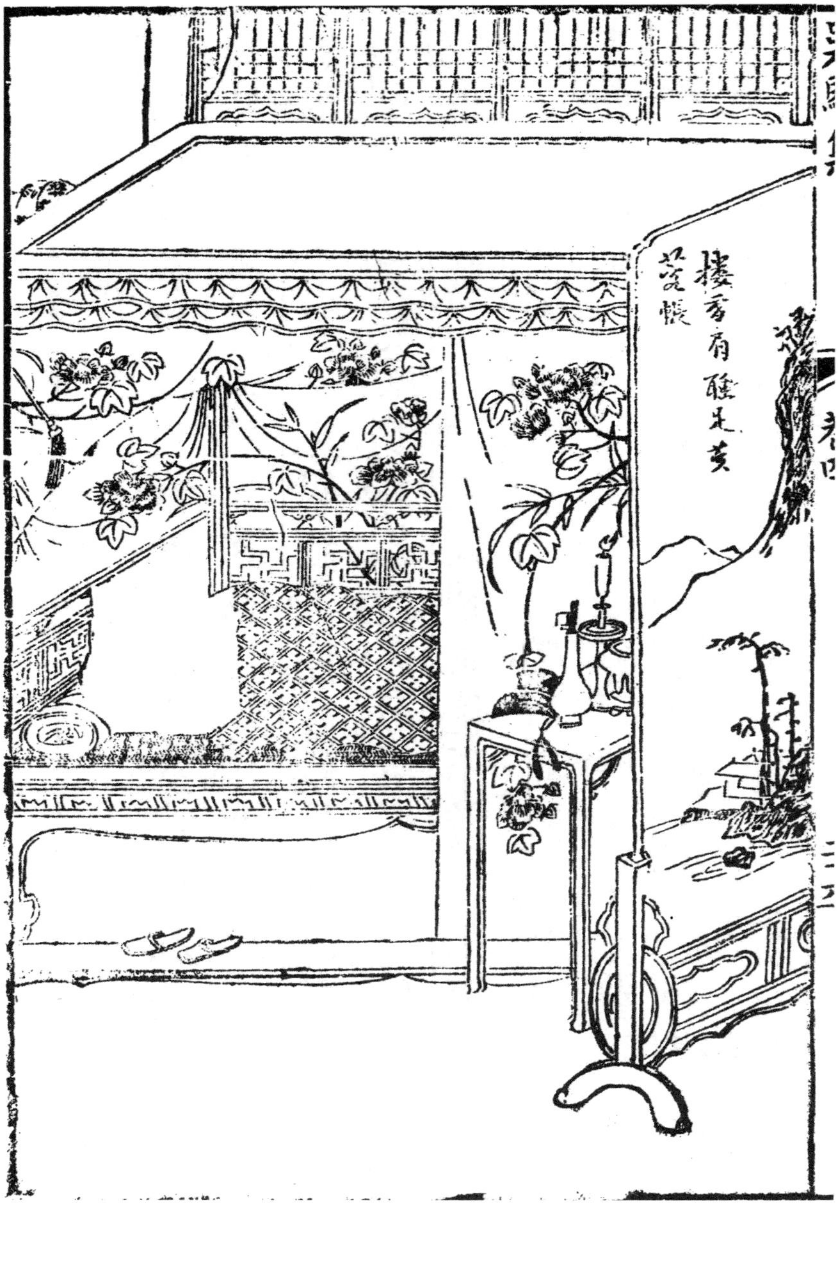
樓香肩睡足黃

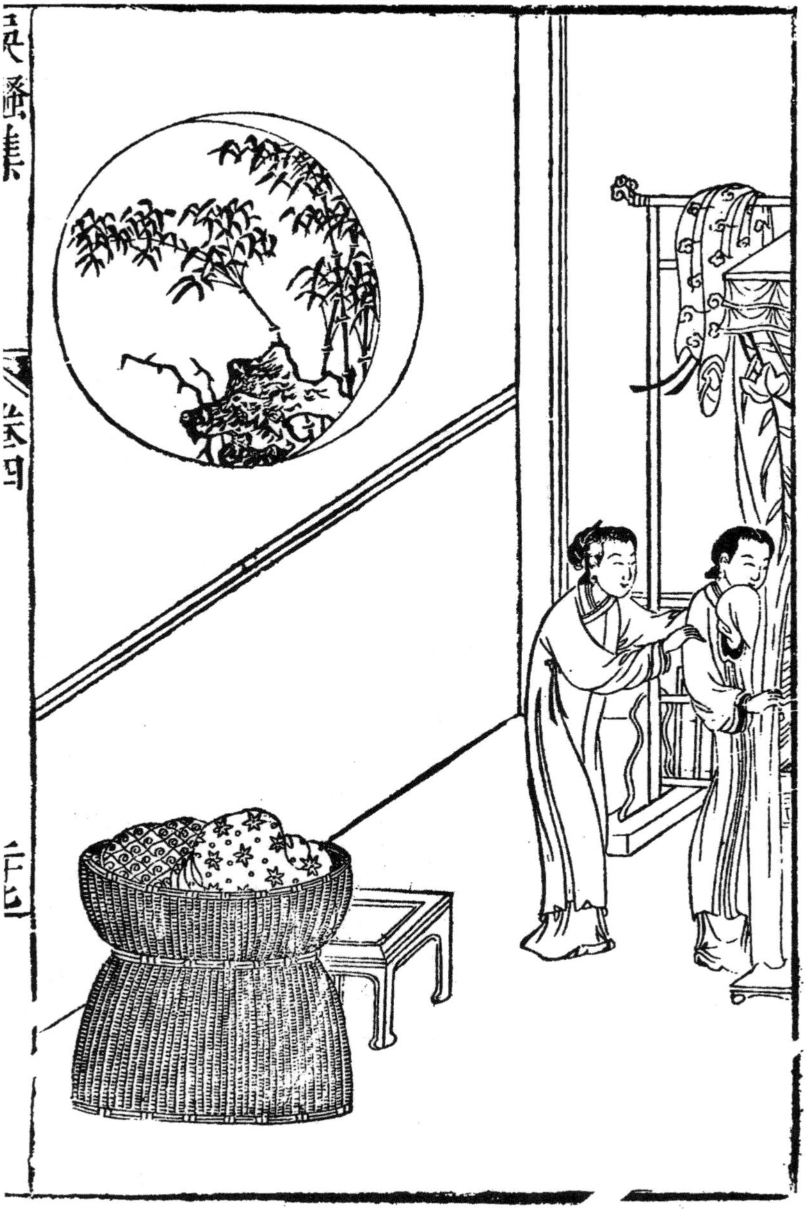

過粉墻西向　玉山頹　香閨人寂寞意徬徨繡鞋兒　雙鬭醫
晒西窗　鮑老催　此情慘傷踈林宿鳥喧夕陽人歸不似
飛鳥忙　川撥棹　想起他虛謊不思量歸故鄉愁殺人傍
晚淒涼愁殺人傍晚淒涼罵負義虧心薄倖郎　嘉慶子
把燈兒點上銀釭把燈兒點上銀釭怕捱過黃昏又怎
當　僥僥令　聽嘹嘹孤雁泣點點漏聲長夜靜更深人悽
慘總夢裏相逢魂渺茫

尾聲

一年未了相思帳一月月難消磨障怎禁一日十二箇
時辰空斷腸

八聲甘州　古調

天長地久倚翠欄適值黃昏時候寒鴉飛盡烟水滿江悠悠無言對此還自羞忽聽窗外瀟瀟風雨驟合倚樓嘆時光去也難留

前腔

悄然獨上高處遊見四山如畫無限清幽湘簾高捲香霧滚風輕透澄波渺渺日夜流心事如同不繫舟合前

不是路

何處鷓鴣聲啼起教人不忍聞多愁悶淚灑西風只爲鄉意騰騰浮雲踪跡何時定曲罷魂消不見影怎當這

悽凉景連天芳草恨無憑教我恍然成病教我恍然成病

解三醒犯

見江上許多形勝數不盡短徑長亭你聽棹歌聲裡多酩酊無由禁那心性覷那鴉兒噪得不耐聽怕只怕黃昏最動情身如病倚東風將宿酒來吹醒

前腔

你看舊柴門斆閙相掩映只見流水遶孤村烟霧凝那才郎未審何故多薄倖湘水碧楚天青洞簫聲吹喚起瑤臺月一輪心撩亂心撩亂却不道都是別樣乾坤

黄龍滚犯

你看釣魚舟隨浪滚釣魚舟隨浪滚只見傍水人家户半扃乍見天將暝乍見天將暝只聽邊城戍鼓野猿啼教我越添愁悶

前腔

蘆葦岸蓼花汀蘆葦岸蓼花汀能解閒行有幾人你看浪鷗眠未穩浪鷗眠未穩只見水雲深處澄波渺渺數點兀的不是野岸漁燈

滚遍

數剪孤檠照見幽欄獨凭又聽得幾箇離羣鴈兒啞啞

的飛過沙汀山寺迸來幾聲清磬只見人烟寂靜（合）那時有許多清冷那時有許多清冷

前腔

攜琴再整流水泠泠只見高山峻嶺個中名利羽毛輕個中名利羽毛輕智者何勞絃上聲（合前）

前腔

無憑寫贈月滿空庭只見梧飄金井夜深戴月與披星夜深戴月與披星起向瑶階閒處行（合前）

前腔

教誰管領斗柄雲橫只見銀河耿耿薄衾单枕冷如冰

薄衾单枕冷如冰坐對寒燈眠未成合前

荷葉滿渡船

只見黄花滿徑開池舘紅衣褪露濕巾霜凝鬢漏滴銅壺緊天風起四野畔吹散了悠揚韻若得那人同歡慶此時便是良緣分

尾聲

鱗鴻不與傳書信千言萬語總難憑焉能罷却良宵恨

梁州序　　祝枝山

幽香新染纖紅嬌露一段風情誰付深閨酣嚦鶯鶯燕燕相呼驚破枕邊孤夢番作相思淚點珍珠難別離容易也悔當初到處秦樓花柳多 合 芳草色暮雲度盼音書隔在天涯路三月景又辜負

前腔

韶華濃麗江山今古彷彿丹青堪覩遊人如蟻尋芳競試香羅爭奈那人不見暗數歸期又早清明過滿懷離恨講向誰訴不覺腰圍寬褪多 合前

前腔

彫采獨侍
孫鷺鵠
三十二

玉茗集

煖沙堤忽見鴛雛戲清波雙雙交臥正簾纖細雨濛濛
烟霧爭奈房櫳靜悄夜色淒涼試卜燈花朵幾回推枕
起問嫦娥何事孤眠怨恨多 合前

前腔

好鬬林錦綉模糊薄東風游絲輕舞記當時執手送別
南浦瞬息年華依舊愁緒縈牽敲斷金釵股幾番臨玉
鏡鬓慵梳無奈懨懨瘦損多 合前

節節高

湘雲靜綺羅捲流酥依稀嫩柳墻頭護誰知我攢翠蛾
相思苦魚分比目銀河阻錚錚擊得菱花破 合 自惜芳

菲覷紅顏薄情把咱耑春誤

前腔

冰絃懶去和燼金爐彤闌獨倚聽鸚鵡蕭條戶人影疎

天憐我沉沉井底銀瓶墮藍橋水漲祆神火合前

尾聲

良辰九十戚虛度嘆王孫歸期杳無何日相逢事事可

字字錦　沈青門

羣芳綻錦鮮香逐東風軟鶯簧美巧聲啼起傷春怨覩名園只見杏帳桃屏桃屏上映着柳眉翠鈿夭夭桃花相映却不强似去年緣何去年去年人不見合空蹙破兩眉尖空蹙破兩眉翠尖奈山遥水遠知他在那裡他在那裡和誰兩個瀟瀟灑灑歡歡喜喜咱這裡思思想想想心心念念我欲待見他一面

前腔

梅黄雨霽天漸覺南薰轉聲聲噪柳蟬對對飛梁燕盼庭前只見照眼葵榴葵榴上映着紅顏似染難言鴛鴦

並頭怎不教人可憐知他共誰共誰相留戀 合前

不是路

離緒懨懨悄沒個人兒在眼前空嗟怨何年何月再團圓恨綿綿極目關山隔霧烟寫下花箋誰與傳尋思轉天涯蕩子何時返怎生消遣怎生消遣

鵲踏枝

南樓外鳳翩翩南樓外鳳翩翩悄沒個信音傳只聽長空敗葉飄零舞金風動金風動鐵馬兒聲喧紗窗外遶銀蟾 合 真個是惱殺人也天悶殺人也天短行冤家短行冤家音稀信杳莫不是負却盟言

前腔

彤雲佈朔風寒遍長空柳飄綿又見幾樹老梅開綻蕋

銷金帳銷金帳共誰兩個同懽宴空教人獨坐獸爐邊

合前

尾聲

終須有日重相見相見後依然歡忭辦炷明香答謝天

喙木兒　　文衡山

秋歸後月正明露冷芙蓉蛩亂鳴向閒庭悶理瑤琴嘆離情怎效文君粧臺懶臨塵蒙鏡黃昏幾度愁敧拋淚伴殘燈漏徹聲

前腔

停針綉倚畫屏淚染羅衫恨怎禁鴈嘹嚦怨過南樓奈衾寒夢也難成孤燈明滅添愁悶金猊懶爇沉烟冷可惜嬋娟萬里濤

三段子

吁嚀志誠頻忘却臨行傳粉盟香也焚枕邊言說假道

眞杵應他別戀歡娛景將奴抛閃成孤另枉自迴腸九轉君

滴溜子

黄昏後黄昏後慘然怎禁湖山外湖山外望空禱神怕有隔墻人聽低聲告老天早賜團圓歡慶休似襄王夢斷雨雲

尾聲

庭梧敗葉飄金井露滴鴛鴦瓦冷何處砧敲斷續聲

二郎神　王雅宜

靜悄悄乍聽起無言心暗焦兀坐擁羅衾寒尚峭東風猛地吹破夭桃紅小燕子還來尋舊巢待挪入黃昏來到合惡年少真個是負却千金一刻春宵

前腔

輕拋韶光轉眼清明過了鎮日何曾開口笑別後佳期暗數千遭鍼指工夫都廢了這真情惟天可表合前

集賢賓

西廂待月香倦燒且謾飲香醪百結愁腸不奈澆酒醒後依然煩惱孤燈自照照得人形容枯槁合空懊惱這

薄倖那曾知道

前腔

綉窓未晚粧臺未曉最苦是此際難熬月色梨花懸素縞不由人不粉褪脂消心中自料早不合情緣忒好合前

黄鶯兒

風雨篆烟飄聽流鶯過柳稍分明求友聲聲巧帳捲鮫綃環嚲翠翹强眠又被人驚覺合更無聊朱顔未老先向鏡中凋

前腔

情緒萬千條亂如絲似柳摇相思欲寄無鴻到歡娛已

撓恩情怎拋桃邊長聽冤家叫 合前

猫兒墜

悠悠漾漾魂夢斷藍橋淺淺淡淡眉峯懶去描無心珠翠逞

春嬌 合 非遙也只是一水天涯萬事難招

前腔

斑斑點點情淚濕鮫綃瘦損何人惜楚腰倚闌顒望眼

成勞 合前

尾聲

多情不日音書到滿腹春愁須記着因此假意眞情都

混了

[illegible]馬集 卷[illegible] 三十七

畫眉序　　劉東生

花下見妖嬈彷彿仙姝離蓬島看眉横翠黛臉暈紅桃步香塵羅襪輕盈歌麗曲鶯聲嬌巧見人未語先含笑朱唇淺破櫻桃

黄鶯兒

楊柳鬭纖腰露春葱十指嬌琵琶撥盡相思調能詩賦薛濤賽江東小喬雙生何必尋蘇小鳳鸞交偎紅倚翠無福也難消

集賢賓

也曾焚香告天把蘭麝燒也曾詩句兒寫滿鮫綃也曾

向芍藥闌前問鬬草也曾在月下吹簫他有文君雅操正遇相如才調同傾倒相隨稱月夕花朝

猫兒墜

千金一刻難買是春宵白髮相催人易老貴人頭上不曾饒今朝典却霜裘解下金貂

尾聲

一團嬌紅迎俏鎮日裡追歡買笑只恐人老花殘空懊惱

十樣錦　　無名氏

綉帶兒　幽窗下沉吟半晌追思俏的嬌娘娉婷態不弱
鶯鶯妖嬈處可比雙雙　宜春令　非獎最堪誇性格非常
難描畫身材生得停當說不盡風流可喜萬般模樣　降
黃龍　想當時月下花前吐胆傾心把誓盟深講行思坐
想盡老今生和你同效鸞凰　醉太平　誰想驀然平地波
浪生信知道禍從天降霧迷烟障被百摩苦苦打散鴛
鴦　浣溪沙　情懷亂傷心悒怏悶不住淚珠汪汪勞神役夢
正端詳忘飡廢寢思又想設計施方要見難除非是夢
見裡來到伊行　滴滴金　怕香消玉損偎傍尤雲殢雨同

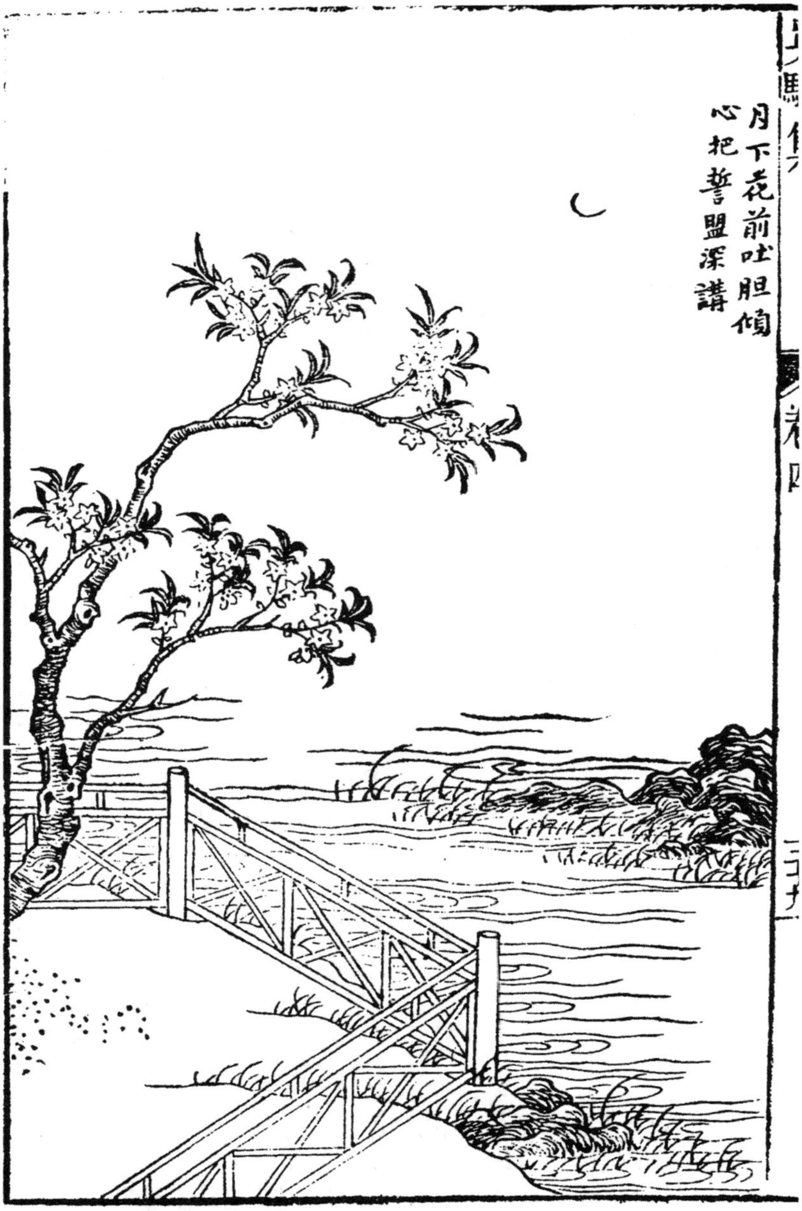
月下花前吐胆倾
心把誓盟深讲

鴛帳被數聲疎雨敲窻散高唐春心蕩漾 鮑老催 此情怎當羅衣尚存蘭麝香鸞箋枉寫離恨章人不見枉嘆息空惆悵惱得潘郎兩鬓似霜 上小樓 他那裡因咱曠蕩咱因他痛感傷幾回欲待不思量待要不思量後怎做得鐵打心腸 雙聲子 姜淹悶韓生忿怎比得咱家恨

鶯啼序 千般事纔離却心上又早攢蹙眉尖天還可憐便咫尺相見又且何如 意不盡 情人早得同鴛帳免使人心勞悒怏辦炷盟香荅上蒼

鶯啼序　　陳秋碧

孤幃一點將絶燈忽地半滅猶明夜迢迢斗帳寒生展轉幽夢難成盼雕鞍把歸期暗數惟淚跡全無定准把前情自忖說來的話兒無憑

黃鶯兒

無語對銀屏正譙樓鼓二更梅花不管人孤另疎鐘幾聲殘角又鳴薄衾單枕愁難聽瘦伶仃懨懨病骨離恨教我怎支撑

集賢賓

揶揄鬼病誰慣經但舉步難行羣鈿金釵無意整好梳

救一日何曾心懸意耿自古道佳人薄命凄凉景盼不到美滿前程

鬭雙鷄

芙蓉面芙蓉面淚痕怎禁楊花性楊花性別離太輕自是東君薄行一樹紅芳教誰管領浪蝶狂蜂休要鬭爭

簇御林

天涯路長短亭怨王孫芳草青晝長羞把欄杆凭幾番暗把鱗鴻倩訴衷情千言萬語猶恐欠叮嚀

猫兒墜

野花村酒他那裡醉還醒冷落誰憐冬暮景奴躭寂寞

恁飄零薄情不記得花前月下海誓山盟

尾聲

風流惹下相思病只索把那人癡等他沒真情我須辦
至誠

梁州序　　沈青門

朱明佳景綠陰清晝盡日飛花鴛鴦夢驚芳草風簾擬把金鈎正是屏山人悄沉水烟消此際堪憔瘦楚天人共遠謾凝眸倚遍西江十二樓合　春已盡愁如舊怕黃昏寂寞難消受懽會少別離又

前腔

斜陽芳草淡烟疎柳又是樓鴉啼後悶來無語凭欄暗識歸舟空有藍橋心約紅葉情詞底事成虛謬舊遊人在否水空流雲鎖當年望月樓合前

前腔

嘆巫峯雨歇雲收，恨陽臺釵分鏡剖，記臨岐執手淚盈衫袖，只恐關河迢遞，落日長堤千里空，回首相思分兩地，恨悠悠辜負今宵月滿樓。合前

前腔

立斜暉目斷荒丘，倚危欄聽殘漏，淺紗厨月冷，斷魂時候，記得前春遊賞，月下花前有個人，携手揚州孤夢破，倦追遊更與何人上翠樓。

節節高

花間鶯燕儔，動離愁，孤鸞羞舞菱花剖，相思冗，恨未休，人消瘦，羅衣寬褪芙蓉扣，鮫綃不禁啼痕透。合 但願從

平鏡再逢珠還洛浦圓如舊

前腔

瑶臺月影收露華浮江空夜靜天如斗槙搔首徹夜愁濃如酒香消寶篆寒金獸可憐獨擁鴛衾宿 合前

尾聲

分離不似今番驟望斷烟波萬頃秋愁滿天涯無盡頭

唾窗絨附　　沈青門

懶畫眉

錦亭中驚覩玉飛仙粉臉堆春鬢影偏嬌歌一曲韻清圓好似風搓不斷驪珠串暗覺得羞却啼鶯學柳間

桂枝香

翠紗裁扇銀蝸新篆誰教半掩芳容故把秋波偷斷見香唇笑開見香唇笑開一似小桃初綻蕋心紅嵌俏嬋娟怎當得頻留顧令人幽思牽

前腔

玉容梅襯絳唇桃印翠粘九暈輕鈿綠映宮鴉雙鬟偶

回頭笑生偶回頭笑生更有百般丰韻教我意狂難禁
暗沉吟他好似一片巫山月東風雪後雲

玉胞肚

綠雲堆鬓臉生霞脂香淡匀貼宮梅粉點初乾染春山
翠烟猶嫩臨風歡笑不勝春疑是蘂花月下魂

催拍

金鎖帶玲瓏玉牌翠珠搖芙蓉寶釵喜孜孜走來俏動
猩裙俊滿挑腮疑是朝雲偶下陽臺全沒有半點塵埃
只見花落處印弓鞋

黃鶯兒　美姝隔窗

俺只道秋水浸芙蓉却原來透窗紗臉暈紅朦朧相對渾如夢又不是雲山幾重怎說與離情萬種只見綠楊烟裡花枝動總相逢澹雲籠月人在廣寒宮

玉芙蓉

簧凋學鳳笙臺臥棲鸞鏡倚珊瑚枕多少傷情流鶯啼斷紅窗靜悽冷金鷄六曲屏因春病春愁未醒怎禁他夢魂中偏送賣花聲

黃鶯兒

紅雨送前春冷淒淒別院深落花滿地青錢印愁重幾旬心牽那人粉容憔悴銷丹暈最傷神無情杜宇啼遍

野堂陰

前腔

春事又闌珊、峭東風苦夭寒、粉烟亂撲荼蘼院蜂兒陣、攢蝶兒對鸂鶒兒只管枝頭囀好心酸相思瘦減獨自倚欄杆、

前腔

金井露生凉、染梧桐葉半黃、傷情羞覩芙蓉放衣殘麝香、樓空畫梁愁來暗覺如天樣細思量天猶較短誰似這愁長、

前腔

玉鴨寶香噴荔枝漿翠碗溫春酣繡閣人初困紗窗影陰蘭膏熖新犀紅桃冷誰揪問恨難禁東風不管吹碎海棠心

排歌

鳳口銜鈎蟬鬢嚲簾銀盤篆冷沉烟相思斜倚繡床前線斷紅絨懶再穿心勞攘思掛牽不知人去幾時還花銷粉柳釀綿杜鵑聲裡又春殘

前腔

鶴帳香消鸞燈影斜淡雲欲破窗紗月殘池底漾金牙高柳朦朧忽噪鴉神思倦夢轉賒亂隨蝴蝶繞天涯牽

雲緒滴露華不知何處是吾家

前腔

綠颭鶯枝紅黏燕塵小樓人倚殘春杏花開後到如今暗覺相思病漸深裁冰絮染翠雲傷情愁對白頭吟銷香暈褪粉痕不禁長日柳眉顰

玉胞肚

寒庭秋老粉香愁芙蓉半凋蔬西風脆剪霜紅墮瑤堦不翻殘照題詩欲寄楚天遙淚血空沾白玉毫

後記

《吴騷集》四卷，明代散套、小令選集。題『太原王穉登選，虎林張琦校』。明萬曆四十二年（一六一四）刻本。所謂『吴騷』，取昆曲上承楚騷之意，即如吴梅先生跋《吴騷合編》所言：『吴騷者何，昆曲也。何以言騷，遵其體也。』此本未見梓行牌記，然判斷其刊於武林不會有疑。

《吴騷集》標舉騷雅，核心就是一個『情』字，冠陳繼儒《吴騷引》曰：『夫世間一切色相，儔有能離情者乎？顧情一耳，正用之爲忠憤、爲不平、爲枯槁憔悴……然情寧獨平（案：指屈原）哉？佳人幽客好事多磨，繾綣縈懷，撫時觸景……我輩鍾情豈同槁木？故窮發於靈而響呈其籟代不乏之矣。』也就是説，傳統所説的騷詩言志歸根結底就是一個『情』字。不過，在作品的選擇上，情的標準和陳繼儒所言完全是兩碼事，集中所收之曲多爲吟風弄月、放蕩情懷、香草美人以及贈妓、幽會、豔遇、佳期之作，男女之情完全取代了『爲忠憤、爲不平』的『情』。晚明世風浮靡，士人追求精緻閑雅香豔的生活情趣，武林人文薈萃，經濟繁榮，士人遊樂狎妓，宴舞笙歌，蔚爲風氣，並刻印了不少集香豔曲詞爲一編的散曲集子，此本則是其中較有代表性的一種。

王穉登（一五三五～一六一二），字伯穀，號半偈長者、青羊君、廣長庵主、松壇道人、長生館主、解嘲客卿等，生於江陰（今屬江蘇），後居吴門。因祖貫太原，故稱『太原王穉登』。史載王氏少聰穎，四歲即能屬對，六歲可揮毫做擘窠大字，後拜入『吴中四才子』之一的文徵明門下，成爲衡山弟子中翹楚，是一個不求聞達，放蕩形骸，寄情於山水、悠遊於士林的風流才子型人物；張楚叔，名琦，號騷隱居士，又號白雪齋主人，武林（今浙江杭州）人，也是一代詞曲名家。此本共收録金鑾、梁辰魚、文徵明、李復初等人的作品八十三篇，基本上涵蓋了明代中後期的散曲名家，所録無一不是享譽當時的名作，其在曲學史上的地位和影響，不言而喻。兩人慧眼獨具，甚有功焉。

書中插圖十二幅，雙面連式，同樣是這個本子的精華部分。晚明被鄭振鐸先生喻爲中國古代版畫『光芒萬丈』的黄金時代，此本則是其間出類拔萃，最具代表意義的作品之一。鄭振鐸先生跋萬曆四十年（一六一二）前後刊《精選點板昆調十部集樂府先春》云：『未見諸家著録之奇書也。不僅於版畫書藏中多一精品，亦爲明人曲選發掘一奇物也。插圖畫法古雅，大類《吴騷集》，當是徽郡版畫黄金時代初期作品也。』這部《樂府先春》，也是晚明重要的散曲集子，雙面連式圖十幅，《吴騷集》圖十二幅，其中十幅與《樂府先春》同，多出兩幅爲新創，以此而言，後勝於前，《吴騷集》的刊刻當稍晚於《樂府先春》。

圖畫繪鐫精雅絶倫，人物皆寬衣博帶，體態豐盈，大有盛唐遺風，重環境氛圍的典型佈置和對人物心理活動的揭示，如《圍扮翡翠衾，空倚黃金獸》一圖，描繪在夜深人靜時，一女倦卧榻上，斜倚黃金獸枕，一手支頤，雙眉低垂，神情憂鬱，若有所思，一丫鬟坐在地上，倚几假寐，女主人的心思如潮和丫環的事不關己，對比十分鮮明；桌案上的火燭、窗外的竹林、蕉葉，庭院中的花草，乃至插在瓶中的荷花，都呈隨風摇曳的動勢，把主人公柔弱憂思的内心世界，刻畫得恰到好處而又耐人尋味。《雕欄獨倚聽鸚鵡》一圖，繪一女子倚欄而立，庭院中是剛剛彈罷的瑶琴，女仰首傾身，聽鸚鵡歡鳴，姿態雖悠閑，神情却落寞，同樣是傷春悲秋的主題，構圖造意却是别出蹊徑了。刀刻圓潤靈動，無論是用細密的點刻刻畫的假山明暗，還是衣物上的紋飾、欄杆上的雕刻，乃至松針竹葉、一花一草，細微之處，絶没有一絲一毫的忽略，南方園林的典雅優美，纖毫畢現。其中《香叢忽見花同蒂》圖署『黄氏應光』；《寂寞殺傳書白雁秋》圖署『黄端甫』；《羞松金釧笑剔銀燈》圖署『黄一楷』，三人都是有『雕龍手』、『國手』之譽的虯村黄氏名工中的卓然大家，晚明版畫藝苑出類拔萃的木刻藝術家。

此本傳世極罕，僅見中國國家圖書館、清華大學圖書館等四五家收藏機構著藏。此次影印，借影中國國家圖書館藏本。此本原爲李一氓先生舊藏，卷端鈐『成都李一氓』、『一氓讀書』、『無是樓』、『一氓所藏』等朱印，惜僅存一二兩卷。卷端有跋記云：『《吴騷集》王穉登輯，明萬曆刊本，原書四卷，存一二兩卷。敘殘，第二卷末闕葉，因向北京圖書館假西諦藏本補録……然圖葉仍有短缺，頗疑與粉色有關，致遭朱程高足之劈削也，噫嘻。』跋記中所言『致遭朱程高足之劈削』之語，是指書中多幅版畫被崇信程朱理學的人士剜挖，以別本對照，剜掉者皆男女幽會之事，略近秘戲。剜挖之圖和所缺三、四兩卷均以嘉業堂藏本補配，以成完璧。

此書梓行不到三年，張琦又編輯了《吴騷二集》，另有《吴騷三集》行世，今不存，是否爲張氏所編也不清楚。崇禎十年（一六三七），張琦以初、二、三集爲基礎，編成《吴騷合編》，是晚明吴騷的集大成之作，插圖也都是中國古代版畫史上的名作。這幾個本子，存世皆已極罕，兹先行推出此本，《二集》、《合編》容當後出，以便爲明代出版的吴騷『系列』，提供一套較爲完整的資料，供讀者鑒賞研究。

周心慧

二〇一六年十二月

圖書在版編目（CIP）數據

吴騷集 / (明) 王穉登選編. -- 北京 : 文物出版社,
2017.12
（奎文萃珍 / 鄧占平主編）
ISBN 978-7-5010-5266-0

Ⅰ. ①吴… Ⅱ. ①王… Ⅲ. ①散曲 – 作品集 – 中國 –
明代 Ⅳ. ①I222.9

中國版本圖書館CIP數據核字(2017)第241327號

奎文萃珍
吴騷集 〔明〕王穉登 選編

主　　編：鄧占平
策　　劃：尚論聰　楊麗麗
責任編輯：李縉雲　劉永海
責任印製：張道奇

出版發行：文物出版社
社　　址：北京市東直門内北小街2號樓
郵　　編：100007
網　　址：http://www.wenwu.com
郵　　箱：web@wenwu.com
經　　銷：新書華店
印　　刷：北京中科印刷有限公司
開　　本：710mm × 1000mm　1/16
印　　張：23
版　　次：2017年12月第1版
印　　次：2017年12月第1次印刷
書　　號：ISBN 978-7-5010-5266-0
定　　價：90.00圓